Contents

口絵・本文イラスト／明神　翼

ラインハルト・フォン・ルーデンドルフ

「ああ……本当に疲《つか》れた！」

純白のドレスに身を包んだ花嫁《はなよめ》が、ソファにドサリと腰《こし》を下ろしながら言う。

「堅苦《かたくる》しい結婚《けっこん》式に、馬車でのパレード、今夜は大舞踏会《だいぶとう》！　王女様もラクじゃないわ！」

長いドレスの裾《すそ》を跳《は》ね上げて、両方のハイヒールを床《ゆか》の上に乱暴に脱《ぬ》ぎ捨てる。軍服に似た式服に身を包んだ花婿《はなむこ》が、彼女の足元にひざまずく。

「本当にやんちゃなシンデレラだね」

優《やさ》しい声で言って、クリスタルビーズに覆《おお》われたハイヒールをそっと揃《そろ》えてやる。

「本当にお疲れ様。とても綺麗《きれい》だったよ」

微笑みながら見上げられ、花嫁が頬《ほお》を染めている。花嫁、そして花婿の両親が、少し離《はな》れた場所で二人をにこやかに見守っている。

花嫁の名前はソフィア・フォン・ルーデンドルフ。十八歳。欧州《おうしゅう》の富豪《ふごう》国、ルーデンドルフの王の長女で、私の実の妹。王女だというのに気が強くておてんばで、小さい頃《ころ》から両親を心配させてきたが……さっき、無事に結婚式を終えたばかりだ。

そして花婿の名前はマルセル・ベランジェ。二十三歳。ベランジェ公国の君主の長男。ゆくゆくは国家元首になることが決まっている。

欧州の富豪国として地位を築いているルーデンドルフと比べて、ベランジェ公国は自然が豊かなだけの小さな農業国。そのために私の両親はこの結婚に大反対していた。

豊かな地下資源が発掘《はっくつ》される前、ルーデンドルフは戦争と政略結婚によって国土と権力を大きくしてきた。そのために、両親はソフィアを大国の王子と結婚させようと画策してきた。ソフィアがこんなにおてんばに育ったのも、そんな王室への反抗《はんこう》の意味も大きかったと思う。

ソフィアとマルセルはある王族のパーティーで出会い、そのまま恋《こい》に堕《お》ちた。派手ではないが温和そうなルックスと穏《おだ》やかな性格のマルセルと跳《は》ね返りのソフィアは、とてもお似合いに思えた。そしてソフィアが彼の前だけは乙女《おとめ》のようになってしまうのがとても微笑《ほほえ》ましかった。私は、二人が秘密で交際を始めた時からいろいろと相談に乗り、応援《おうえん》してきた。

両親は一年近く結婚に反対していたが、マルセルやベランジェ公家の人々の人の好さを知るにつれて反対ができなくなり、今では昔からの親類のように親密になった。今日の結婚式は荘《そう》厳《ごん》な中にもなごやかさのある、とてもいい式だった。

「ラインハルトさん」

かいがいしくソフィアの世話を焼いていたマルセルが、ふいに立ち上がって私に向き直る。

「私達がこうして無事に結婚することができたのも、あなたが応援してくださったおかげが大きいと思います。あなたのような優しいお義兄《にい》さんができて、本当に嬉《うれ》しいです」

温和な顔に浮《う》かぶあたたかな笑《え》みに、私は思わず微笑んでしまう。

「君たちが結婚できたのは、二人の愛の力だ。妹をよろしく」

私が言うと、二人は揃って頬を染める。

「まあまあ、本当に微笑ましい二人だこと」

少し離れたところにいた母が、二人を見比べながら言う。

「ルーデンドルフのことは心配しなくていいから、幸せになりなさいね、ソフィア。お義母《かあ》様の言うことをよく聞くのよ」

「ソフィアさんみたいな優しくて綺麗なお嫁《よめ》さんが来てくれるなんて、本当に嬉しいわ。ベランジェ公国は、国を挙げてあなたを大歓迎《だいかんげい》するわ」

ベランジェ大公の夫人が言い、マルセルによく似た温和な顔で微笑む。にっこり笑った父が、今度は私に視線を移しながら言う。

「ルーデンドルフには、ラインハルトがいる。心配しなくていいんだぞ、ソフィア」

「そうよ。ラインハルトなら、どんな国の王女様でもよりどりみどり。きっと素敵《すてき》な花嫁を迎《むか》えて国を繁栄《はんえい》させてくれるわ」

母が言って、私に微笑みかける。そこで私はやっと、二人がその言葉をソフィアではなく私に言っていることに気づく。

……要するに、ソフィアが大国の王子と結婚できなかったのは応援していたおまえの責任でもある、だからおまえは国の利益になる相手と結婚しろ、ということか。

「もちろんわかっています」

私はにっこりと笑みを浮かべてみせる。

「ありったけのパーティーに参加して、花嫁を探すことにしましょう。国の繁栄のためにも、素晴《すば》らしい花嫁を見つけてみせますよ」

「それは頼《たの》もしいわ」

「頼んだぞ、ラインハルト」

私は笑ったままうなずいてみせる。心の中には不思議な空《むな》しさが広がっていたが。

「それより、私達がいたのでは、新婚《しんこん》の二人の邪魔《じゃま》では？　テラスにお茶を準備させます」

私は言いながら、両家の両親を部屋から廊下《ろうか》へと誘導《ゆうどう》する。あからさまにホッとした顔をするソフィアに片目を閉じて見せてから、部屋に出る。私の後について廊下に出てきた家令のグレゴリに、

「彼らに、ルーデンドルフ式のハイティーを頼む。私は部屋に戻《もど》って、パーティーの時間まで仕事をしているから」

小声で言うと、グレゴリは如才《じょさい》なくうなずいて、

「ハイティーはすぐにご用意できます。お茶かシャンパンをお部屋にお持ちしましょうか？」

「いい。どうせパーティーでは嫌《いや》というほど何か飲まされるんだ」

私は言ってそっと踵《きびす》を返して彼らから離れ、二階へと続く階段を上る。廊下を正面まで進んでいつも使っている部屋に入る。

「……ふう」

部屋を横切りながら、礼服のネクタイを解いてサイドテーブルに投げる。

さっき自分が言った言葉を思い出し、私は小さくため息をつく。

……国の繁栄のための結婚、か。まあ、王室関係者というのは、多かれ少なかれこんな思いをしているに違《ちが》いない。ソフィアのように熱烈《ねつれつ》な恋に堕ちてその相手と結ばれるなど、ほとんどありえないに違いない。

私の名前はラインハルト・ヴェルナー……と名乗っているが、それは母の旧姓《きゅうせい》。正しいフルネームは、ラインハルト・フォン・ルーデンドルフ。二十九歳。欧州の富豪国として知られたルーデンドルフの現国王の長男。生まれながらにして、次期国王になることが決まっている。

ルーデンドルフは豊富な鉱物資源の輸出と重工業で発展した国で、強い軍事力を持ち、小さいながらも世界中から恐《おそ》れられている強国だ。秘密主義的な体質もあって私の顔写真は今まで公開されたことがない。青春時代はスイスの寄宿学校で過ごし、大学はハーバードに進んだ。大学卒業後には父の執務《しつむ》を手伝うかたわら、欧州やアメリカの社交界でコネクションを作っている。

遊び人として知られた私が実はあのルーデンドルフの次期国王だと知ったらVIPたちはとても驚《おどろ》くだろう。ルーデンドルフに恨《うら》みを持つ年寄りも多いので、今は口外はできないが。私は二つの顔を使い分ける生活を楽しんでいたはずだが——実は誰《だれ》かを愛したことがない。

まあ、王妃《おうひ》となるべき女性を選び、彼女と形ばかりの結婚をして子供をなすのは私の義務だ。恋などという面倒《めんどう》な感情は、王族に生まれてしまった私には邪魔にしかならないものなのだが。

私は部屋を歩きながら上着とジレを脱いでソファの背に投げ、フランス窓を押し開けて石造りのベランダに踏《ふ》み出す。

すがすがしい緑の香《かお》りの風が、髪《かみ》を揺《ゆ》らす。眼下に広がるのは広大な森林地帯。その遥《はる》か向こうにはルーデンドルフ山脈が青く壮麗《そうれい》な姿を見せている。

ルーデンドルフの王宮は市街地の中心部にあり、観光の目玉となっている。私が今いるのは、郊外《こうがい》にある王室所有の城。昔は夏のための別荘《べっそう》として使われていた、歴史のある壮麗な建物だ。

今夜は、各国からの国賓《こくひん》を招いて盛大な結婚披露《けっこんひろう》パーティーが行われる。だが出席者の数がとても多いために、市街地の王宮内ではセキュリティー上の問題が発生しそうだった。そのために、市街地から一時間ほどの場所にあるこの城がパーティー会場として選ばれた。普段《ふだん》、私はこの城に住み、市街地にある自分の会社のオフィスに通っている。その傍《かたわ》ら、父の公務の手伝いもしている。仕事に影響《えいきょう》が出ると面倒なので、顔を出さずにすむ補佐《ほさ》的な仕事だけだが。

私は壮麗な景色を見渡《みわた》しながら、いつもは静かなこの城が今夜だけはとても騒々《そうぞう》しくなるであろうことに、またため息をつく。今夜は王宮からもたくさんの使用人が詰《つ》め掛《か》けて来ている。そして忠実なる家令、グレゴリの指導の下、パーティーはきっとつつがなく進むはずだ。

……王子としての役目を果たさなくてはならないのは、かなり面倒だ。だが……。

私は美しい山脈を見つめながら、ふと苦笑《くしよう》する。

……私には、そういう結婚《けつこん》がお似合いかもしれない。

もともと淡白《たんぱく》なのか、恋愛《れんあい》に興味を持ったことなど一度もない。そしてそれが逆にいいのか、言い寄ってくる女性は後を絶たない。立候補してきた相手のリストには各国の王室関係者の令《れい》嬢《じよう》のほとんどが名を連ねている。

「まさによりどりみどりじゃないか」

私は一人で自嘲《じちよう》する。

女性達の中から両親が喜びそうな相手を選んで交際を承諾《しようだく》し、適当な期間を経《へ》て結婚をする。世継《よつぎ》の数人でも作れば、私の役目の大半は終わるだろう。

「王族の一生など、そんなものだろう」

今は公務と企業《きぎよう》経営の両方で忙《いそが》しいし、将来、国家元首を継《つ》ぐことになればさらに忙しくなる。もちろん私はフェミニストなので結婚相手は大切にするつもりだが、心まで明け渡《わた》す気はない。よって、相手が誰だろうと、あまり影響はないはずだ。

……だが……どうして胸がこんなふうに痛むのだろう……？

イリア・サンクト・ヴァレンスク

「イリア、私達はおまえのことが少し心配なんだ」

夕食の席で言われた父の言葉に、僕は驚いて目を上げる。いったい何をミスしたんだろう、と青ざめながら、頭の中に今日一日の記憶《きおく》を巡《めぐ》らせる。

……今朝の会議での発言の件？　それとも午後の謁見《えっけん》の準備の段取りが悪かった？　いや、やっぱり……。

「……僕がさっき提出した書類に、何か不備があったんですね……？」

僕はカトラリーを置き、本当に申し訳ない気持ちになりながら言う。

「すみません、父さん。今からすぐに訂正《ていせい》をして、明日の朝には……」

「違う違う、そうじゃないんだ、イリア。おまえの書類は完璧《かんぺき》だったよ」

ワイングラスを置いた父が、慌《あわ》てたように言う。僕は血の気が引くのを感じながら、

「では、なんでしょうか？　もしかして、僕が将来、兄さんの執務の手伝いをするための資質が足りないという……」

「おまえは完璧な子だよ、イリア。おまえが今後兄を助けていくことに対する不安は、まったくない」

「そうよ、イリア。あなたは本当に優秀《ゆうしゅう》な子よ。そうではなくて……」

母が言葉を切り、父と目を見合わせてため息をつく。

「では、いったい何が心配なのか、おっしゃってください」

僕は身を乗り出し、二人の顔を見比べる。

「僕は、サンクト・ヴァレンスク王家の助けになるために存在する人間です。そのためならなんでもしなくてはいけません。もしも至らないところがあったら改めますから……」

「イリア。そういう話ではないんだ」

父が手を上げて、僕の言葉を遮《さえぎ》る。父母の顔に複雑な表情が浮《う》かんでいることに気づいて、僕はますます心配になる。

「では、いったい……」

「私達はね、イリア。あなたが自分のことよりもこの国や仕事のことばかりを考えていることが心配なのよ」

母の言葉に、僕は少し呆然《ぼうぜん》としてしまう。

サンクト・ヴァレンスク王家に生まれた僕は、物心ついたときからそうやって生きてきた。それ以外の生き方が、考えられない。

「王位継承《けいしょう》者である兄さんを助け、国のために命を捧《ささ》げるのが、第二子である僕の使命だと考えています。それが間違《まちが》いだと……？」

「そうではなくて……私達は、おまえにも幸せになって欲しいんだよ」

「僕は、その生き方に疑問を覚えたことは一度もありません。そうやって生きるのが、僕の幸せだと思っています」

僕が言うと、二人はますます心配そうになって顔を見合わせる。しばらくしてから、父が咳《せき》払《ばら》いをして言う。

「回りくどい言い方はやめよう。私と母さんは、おまえに見合いをさせたいと思っている」

「……お見合い……？」

僕の言葉に、父は深く頷《うなず》く。

「二週間後、城でパーティーをひらく。世界中から、家柄《いえがら》がよく美しいお嬢《じょう》さん達を集めよう。その中から相手を選び、結婚を前提としたお付き合いを始めること」

その言葉を、僕は呆然と聞く。

「そして自分の幸せを掴むんだよ。これは王としての命令だ。いいな、イリア？」

こんな口調になると、父は本当に迫力《はくりょく》がある。優《やさ》しい父親である彼がサンクト・ヴァレンスクの君主であることを思い出し、僕は思わず気圧《けお》される。

「わかりました」

僕は言い、サンクト・ヴァレンスク式の礼をする。

「父上の、仰《おお》せのままに」

……でも……世間知らずの僕に、そんなことができるんだろうか？

僕の名前はイリア・サンクト・ヴァレンスク。二十歳《はたち》。欧州《おうしゅう》にある富豪国《ふごうこく》サンクト・ヴァレンスクの王家の生まれ。現在の国王の次男にあたる。次期国王は兄のレオンと決まっているから僕はどちらかといえば自由な立場だけれど、将来レオンの役に少しでも立ちたい僕は、サンクト・ヴァレンスクの王宮で父の執務《しつむ》の手伝いをしている。大学を出たての僕にできるのはほんの補佐程度のことなんだけど。

王族の扱《あつか》いは国によって違《ちが》うと思うんだけど……サンクト・ヴァレンスク王家は、セキュリティーのためにも王族の顔写真をほとんど公開していない（もちろん国王と王妃である両親は公務があるから顔が知られているけれど）。両親や兄の手伝いで海外に行くこともたまにあるけれど、サンクト・ヴァレンスクという名字を名乗ると王族であることがばれてしまうので、その時にはレオンを見習って母の旧姓《きゅうせい》であるヴァレンスキーの名字を名乗ることにしている。

もともとのんびりした国だから外国みたいにマスコミにつきまとわれることはまずない。だから、サンクト・ヴァレンスクの国民ですら、僕とレオンの顔は十歳程度の時に撮《と》った写真でしか知らないはず。だから、僕とレオンは自由に過ごすことが許されている。レオンは海外留学し、経済の勉強のためにと会社を立ち上げ、それをあっという間に大企業《だいきぎょう》にのしあげてしまったし（本当に優秀な人で僕は心から尊敬している）。だから僕ももっと自由にしていいはずなんだけど……生来の引っ込み思案も手伝って、父母や兄の用事がある時しか、国を出ることはほとんどない。大学までずっとサンクト・ヴァレンスクだったし、友人達もたくさんこの国にいるし。

……でも……もしかして僕は、そろそろ大人にならなきゃいけない頃《ころ》なんだろうか？

「そういえば……幼馴染《おさななじ》みのアンリから、ニースの別荘《べっそう》に招待されていると言わなかった？」

母の言葉に、僕はハッと我に返る。

「あ……はい。でも、ニースの新しい別荘のおひろめみたいなんです。だからパーティーもあるみたいで、ちょっと……」

僕は少し憂鬱《ゆううつ》になりながら答える。

僕が通っていたのは、名門で知られた王立サンクト・ヴァレンスク学院。初等部から大学までが同じ敷地《しきち》内にある全寮制《ぜんりょうせい》の学校で、海外からの留学生も多かった。アンリはその時からの親友で、今はニューヨークに住んでいる。ご両親がニースに新しく別荘を建てたらしく、アンリのお兄さんであるサイラスが若者だけの気軽なパーティーを企画《きかく》した。僕にも招待状が来たんだけど……パーティーという言葉に、未《いま》だに迷っている。

「そういうものには、積極的に参加すべきだろう？　どんな素晴《すば》らしいお家のお嬢さんが来ているかわからないし」

父が嬉《うれ》しそうに言い、母が大きくうなずく。

「そうよ。その代わり、相手はきちんと選んでね」

「でも……」

「イリア」

父がまた厳しい声になって言う。

「おまえは先月で二十歳になったんだ。そろそろ大人になるべき時期だろう？」

その言葉が、僕の心にチクリと刺《さ》さる。

僕は先月で二十歳になった。なのに、まったくの世間知らず。ずっと男子校だったせいで、恋人《こいびと》ができたことすらないんだ。

「そう……ですね」

僕が言うと、両親はとても嬉しそうな顔になる。父が、

「もちろん、セキュリティーのためにSPをつけるからね」

「そうね。SP長のワシリーとイーゴリを一緒《いっしょ》に連れていけばいいわ。あの二人が一緒なら安心だからね」

兄のレオンが本格的に王位を継承する準備に入れば、補佐《ほさ》をするはずの僕の顔もだんだんと世間に知られるようになるだろう。もしかしたら、そうなる前にもっといろいろなことを知っておくべきなのかもしれない。二週間後の結婚《けっこん》相手を探すためのパーティーは、もちろん絶対

に欠席できない。しかもそれに呼ばれるのは各国の王室関係者や社交界に慣れた令嬢《れいじょう》ばかりだろう。

……僕みたいな世間知らずでは、きっと話すことすらできない。この機会に、もっと大人にならなくてはいけないだろう。

「わかりました。出席してきますね」

僕が言うと、両親はとても嬉しそうにしてくれる。

……王族に生まれたからには、義務を果たさなきゃ。怖《こわ》いなんて言っていられないんだ。

◆

「ようこそいらっしゃいました、イリア様。すっかりご無沙汰《ぶさた》してしまいました」

リムジンから降りた僕を、アトキンソン家の家令のエバンスが迎《むか》えてくれる。彼はアンリの様子を見に、サンクト・ヴァレンスクによく来ていたから、僕とも古い知り合いだ。髪《かみ》はすっかり白くなったけれど、姿勢のよさと温和な笑顔《えがお》は相変わらずだ。

「こんばんは、エバンス。お邪魔《じゃま》します」

僕が言うと、エバンスはにこりと笑い返してくれる。リムジンの後ろに続いていたセダンから降りたSPの二人に視線を送り、彼らにもにこやかに礼をしてくれる。僕が海外に行く時には必ずついて来てくれるＳＰのワシリーとイーゴリは、エバンスとも顔見知りだ。

あんまり早くに到着《とうちゃく》するのも不安なので、パーティーの開始時間から二十分ほど後に到着した。車寄せにはリムジンや贅沢《ぜいたく》なスポーツタイプの車が並んでいるけれど、招待客の姿はすでにない。

「パーティーは舞踏《ぶとう》室で始まっております。どうぞ」

エバンスは言いながら、エントランスに続く白い階段を上っていく。

「うわ……なんて素敵《すてき》な別荘なんだろう……？」

エントランスホールに入った僕は、思わず言ってしまう。広々としたそこは床《ゆか》も壁《かべ》も純白。正面に切られた巨大《きょだい》な窓からは、月明かりに照らされた美しい南フランスの海を見渡《みわた》すことができた。

「それをお聞きになったら、アトキンソン伯爵《はくしゃく》もきっとお喜びになったでしょう。今夜は若者だけの集まりなので、お会いできないことを残念だとおっしゃっていました。イリア様にくれぐれもよろしくとのことです」

僕はアンリの両親の温和な顔を思い出して、歩きながら思わず微笑《ほほえ》んでしまう。

「僕もお会いできなくて残念だった、とお伝えください。サンクト・ヴァレンスクにいらした時にはぜひ連絡《れんらく》してくださいい、とも」

「かしこまりました」

彼は言いながらエントランスホールを歩き抜《ぬ》け、片面がガラス張りになった廊下《ろうか》に出る。廊下は広々とした中庭を囲むロの字形に作られていて、ライトアップされた木々の間から、中庭の向こう側にある舞踏室を見ることができた。

「……あ……」

そこに出入りする人々を見て、僕はドキリとする。

昔からの顔見知りだからすっかり忘れそうになるけれど……サイラスも、アンリも、世界的な大富豪《だいふごう》の御曹司《おんぞうし》。集まっているのも同じような境遇《きょうぐう》の友人ばかりだろう。まるでモデルみたいに大人っぽい人々が、ラフな服装で笑いさざめいているのが見える。サイラスもアンリもとても顔が広いので、パーティーの参加者は二百人を超《こ》えていそうだ。それを見ただけで、思わず踵《きびす》を返して帰りたくなる。

エバンスに続いて角を曲がったところで、廊下に出てシャンパンを片手におしゃべりをしていた集団がいっせいにこっちを振《ふ》り返る。興味深げな目でじろじろと眺《なが》め回されて、冷や汗《あせ》が出る。

……やっぱり、僕なんか場違《ばちが》いだよね……。

「アンリ様とサイラス様は、もうすぐいらっしゃいます。それまでごゆっくり」

エバンスは言って、舞踏室に入ったところで踵を返して行ってしまう。舞踏室に集まった人々の視線が自分に集まるのに気づいて、僕は慌《あわ》てて部屋を横切り、誰《だれ》もいないテラスに出る。

物珍《ものめずら》しげな視線にはとても耐《た》えられなかったし、親切な誰かに話しかけられたら緊張《きんちょう》のあまり挙動不審《ふしん》になってしまいそうだったからだ。

「……なんだか、すごく場違いな気がするよ」

僕は、続いてテラスに出てきたSPの二人に言う。

「大丈夫《だいじょうぶ》です。勇気を出してください」

「場違いではありませんよ。新しいスーツがとてもお似合いです、イリア様」

二人の名前はワシリーとイーゴリ。学生時代からずっと身辺警護を引き受けてくれている、僕の優秀《ゆうしゅう》なSPだ。

「どうもありがとう。二人がいてくれて心強いよ」

振り向いて囁《ささや》くと、二人は笑ってくれる。それからワシリーはちらりと舞踏室を見渡して、

「しかし……今夜のパーティーは若い方たちばかりの気の置けない集まりのようです。あまり近くにいると、私とイーゴリはお邪魔になりそうですね」

テラスのそばを通り過ぎていく女性達が、チラリと興味深げな目をこっちに向けていく。ベテランSPであるワシリーとイーゴリは四十代後半、しかもいかにもSPという雰囲気《ふんいき》のがっしりとした身体《からだ》つきをしている。たしかに、若いゲストが多そうなこのパーティーでは目立つかもしれない。

「私達は少し離《はな》れた場所で待機しています。何かありましたらすぐに合図をしてください」

「僕は少しでも大人に近づきたくて来たんだ。あまり二人に頼《たよ》っていてはいけないよね」

勇気を出して言い、それからウエイターが運んで来てくれたトレイから、オレンジジュースのグラスを取る。本当ならお酒を飲むべきなのかもしれないけれど、あまり強くないし、とてもそんなくつろいだ気分にはなれない。僕はテラスの手すりに肘《ひじ》をかけ、海を見渡しながらそっとため息をつく。

……パーティーに出たからって、すぐに大人になれるわけじゃないのに。僕はやっぱり、まだまだ子供かもしれない。

「もしかして、イリアじゃない？」

「こんなところに隠《かく》れてたんだ？　久しぶり！」

後ろから声をかけられて、僕は慌てて振り返る。そこに立っていたのは……。

「アンリ、モーリス、久しぶり！　お招きありがとう！」

そこにいたのは、学生時代からの友人のアンリ・アトキンソンとモーリス・オビニエ、そしてアンリのお兄さんのサイラスだった。アンリとモーリスは初等部に入学した時からの友人。ただの友人というよりは一緒に育ってきた兄弟みたいに気心が知れている仲だ。

アンリの九歳年上のお兄さんであるサイラスは、王立サンクト・ヴァレンスク学院の卒業生。休暇《きゅうか》にはよく弟に会いにサンクト・ヴァレンスクに遊びに来ていたから僕もよく知っている。彼は王立サンクト・ヴァレンスク学院を卒業した後はハーバードに留学した秀才《しゅうさい》だから、彼が遊びに来ると先生方もとても喜んでいたのを覚えている。

アンリとモーリスは、高等部を出た後でそれぞれ故郷のアメリカとフランスに帰り、そこで大学に進学した。卒業後は、自分の親の会社に入社した。そしてアンリはニューヨーク、モーリスはパリでそれぞれ頑張《がんば》っている。長い休みが取れたらサンクト・ヴァレンスクに遊びに来てくれる二人だけど、やっぱり忙《いそが》しいみたいで会うのは一年ぶりだ。

「よく来てくれたね、イリア。相変わらずごついSPをつれているな」

サイラスが楽しそうに言い、壁際《かべぎわ》に控《ひか》えている僕のSP二人に笑いかけている。ニューヨーク支社長をしているサイラスはものすごく忙しいらしくて、会うのは一年ぶり。もともとすごいハンサムだったけど、大人の渋《しぶ》みが増してますます格好よくなったみたいだ。

「お招きありがとう、サイラス。本当は一人で来たほうがいいんだろうと思ったんだけど、SPを連れていないとパーティーには参加させないって、うちの両親が……」

サイラスはくすりと笑って、

「わかっているよ。……今夜のゲストは、そういうのに慣れている人間ばかりだ。気にしなくていいよ」

優《やさ》しく言われて、ちょっと胸が熱くなる。学生時代、大人っぽいサイラスにひそかに憧《あこが》れていたことを思い出す。

「ずっと会いたかったよ、イリア！」

アンリが言って、僕をぎゅうぎゅう抱《だ》き締《し》める。

「僕だって会いたかったよ、イリア！　半年が長かった！」

その上からモーリスが抱《だ》きついてきて、僕は思わず笑ってしまう。

「僕も会えて嬉《うれ》しいよ。二人とも、ますます大人っぽくなったよね」

子供の頃《ころ》は僕と同じように華奢《きゃしゃ》だった二人なのに、十五歳を過ぎた頃からどんどん身長が伸《の》びて、今はもう立派な社会人って感じだ。

二人は笑いながら僕を解放し、それからまじまじと僕を見つめる。気の置けない若い人の集まりって言われたからタキシードじゃなくてダークスーツにネクタイで来てしまったけれど、ほかのゲストはサマーセーターにチノパンとか、ポロシャツにジーンズとか、さらにくだけた格好をしている。堅苦《かたくる》しい格好の自分がちょっと恥《は》ずかしい。

「イリアは相変わらず綺麗《きれい》だよねえ。思わず見とれちゃった」

「ますます色っぽくなったみたい。ちょっとクラッとした」

二人は楽しそうに言う。

「また、二人とも冗談《じょうだん》ばっかり」

僕は笑いながら言い返すけれど……二人が「大人っぽくなった」って言ってくれなかったことに、少しだけがっかりする。

……この半年間、けっこう頑張って仕事をしていたんだけど。やっぱりまだ子供っぽいんだろうか？

　僕は、両親から結婚《けっこん》相手を探せと言われていることをふいに思いだす。

……もっと大人にならないと、女性と結婚なんて夢のまた夢だよね。

「そうだ、今日はとんでもないメインゲストを招いているんだって」

　アンリが楽しそうに言って、モーリスが、

「そうそう。それを聞いて驚《おどろ》いた。サイラスの友人らしいんだけど、由緒《ゆいしょ》正しき家柄《いえがら》の……」

　モーリスはそこで言葉を切り、アンリと顔を見合わせてくすくす笑う。

「ごめん、そういえば、ここにも由緒正しき家柄の人がいたな」

「そういえばそうだ。付き合いが長いから、すっかり慣れちゃってるけどな」

　二人の言葉に、僕は小さくため息をつく。

「忘れてていてていいよ。特別扱《あつか》いされると、居心地《いごこち》が悪い。第一王子である兄さんならともかく、僕は次男だし。それに二人だって歴史のある家柄の出身でしょう？」

　アンリの一族は今はアメリカに拠点《きょてん》を移しているけれど、もともとは英国の貴族、今ではアメリカで一、二を争う大富豪になった。モーリスの家はフランスの貴族の家柄だ。

　僕の言葉に、

「まあ、そうなんだけど……社会に出たら、家柄はあんまり役には立ってないかなあ」

「そうそう。結局は、実業家としていかに成功できるかだよねえ」

二人は言ってため息をつく。社会に出たばかりの二人には、僕には想像のつかないような苦労がありそうだ。

「その点で言っても、今夜のメインゲストはとんでもない成功者と言ってもいいよね」

「たしかに。尊敬するよね」

二人が言い合っているのを聞いて、僕は不思議に思う。

「メインゲストって……僕も知ってる人？」

僕の問いに、サイラスが少し困った顔をする。

「直接は知らないんじゃないかな？　彼の出身はルーデンドルフだし……」

……ルーデンドルフ……。

ルーデンドルフは、サンクト・ヴァレンスクの隣《となり》の国。サンクト・ヴァレンスク山脈（ルーデンドルフではルーデンドルフ山脈と呼ばれてるけれど）を挟《はさ》んだすぐの場所にあるのに、なぜか国交がない。

どうやら父さんが若い頃に何かの事件があって国交が断絶してしまったみたいなんだけど……歴史の本を見てもその理由ははっきりと書かれていない。

両親もその話はしてくれないし。サンクト・ヴァレンスクからほとんど出たことのない僕は、ルーデンドルフ出身の人と会うのは初めてだ。とても素晴《すば》らしい国だって聞いているし、だから本当は彼の祖国の話とか聞きたいけど……。

サイラスが複雑な顔のまま、

「イリアには、彼と会うことはあまりおすすめできないな。出身のこともあるし……」

大人っぽくいつもはっきり物を言うサイラスにしては、やけに迷うような口調。

「悪い男ではないんだが……イリアのような純情な子は、あまり近寄らないほうがいいんじゃないかと思うんだ」

言って、それからごまかすように微笑《ほほえ》んでみせる。

「ああ、いや……私の考えすぎかもしれないな。会いたければ紹介《しょうかい》するけれど……」

言葉に反して「遠慮《えんりょ》してくれないか？」と言われたような気がして、胸がちくりと痛む。

……あまりそんな話をしたことがないんだけど……王族である僕が国交のない国の人と話をしたりするのは、もしかしてやばいんだろうか？

僕は思い、ふいに反対の可能性にも気づく。

……そうじゃなくて、あっちが、僕と話すと困るのかもしれない。

僕が王族であることは、海外ではあまり知られていない。だけどもちろんサンクト・ヴァレンスクの国民は僕の顔を知っているし（公表されてるのは十年近く前の古い写真だから、ピンと来ない人も多いかもしれないけど）、このパーティーにはいろいろな国の貴族が交ざっていそう。彼らなら、僕がサンクト・ヴァレンスクの王である父と一緒《いっしょ》にパーティーに出席しているところを見たことがあるかもしれない。

……名前の知られた実業家なら、きっと外聞も仕事に影響《えいきょう》するだろうし……。

僕は、自分が恥ずべき人間になったみたいで、少し落ち込んでしまう。それから、三人が心配そうな顔で見ていることに気づいて、慌《あわ》てて笑ってみせる。

「僕、ここで待ってるよ。知らない人と会うのは緊張《きんちょう》するし」

「え？　あ、でも……」

アンリが言いかけた時、舞踏《ぶとう》室に不思議なざわめきが走った、楽しげな笑いが、好奇心《こうきしん》で一杯《いっぱい》の囁《ささや》きに変わる。そして、人々が次々にドアの方を振《ふ》り返る。女性達のうっとりとしたため息。まるで映画スターでも現れたかのような反応に、僕はなんだか振り返るのが怖《こわ》くなる。

「来た！　彼だ！」

「やっぱりハンサムだな！」

二人は、僕の肩越《かたご》しに入り口を見ながら興奮した顔になる。

「行って来ていいよ。僕のことは心配しなくていいから。SPもちゃんと近くにいるし」

僕が言うと、アンリとモーリスはまだ少し心配そうな顔をしながら、

「それなら、ちょっとだけ行ってくるよ」

「すぐに戻《もど》ってくるから、待ってて」

サイラスがやけに心配そうな顔で、距離《きょり》を測るように僕とSP達を見比べる。

「変な男に言い寄られたら、すぐSPのところに逃《に》げるんだよ。いいね？」

僕に言ってから、二人をせかしてドアの方に向かって歩き出す。アンリとモーリスの様子がやけに嬉しそうで、僕はますます興味を覚えてしまう。

……二人からそんなに尊敬されるような実業家、ハンサムで大人……本当は少しだけ興味があるかも。でも……。

僕は空になったジュースのグラスを見下ろして、小さくため息をつく。

……王族であることにはさまざまな制約が付きまとうし、不便なことも数え切れないほどある。こんなの慣れっこのはずじゃないか。

それから、どうしても我慢《がまん》できなくなって、アンリ達が向かった方をそっと盗《ぬす》み見てしまう。彼らは舞踏室の入り口近くにいて、そこで長身の男性と言葉を交《か》わしていた。その人の姿を見て……僕はそのまま、呆然《ぼうぜん》と動けなくなってしまう。

……なんて美しい男の人なんだろう……？

そこにいたのは、獰猛《どうもう》な雰囲気《ふんいき》のとんでもなくハンサムな男性だった。大柄《おおがら》なサイラスと並べるくらいだからかなりの長身だ。アスリートみたいにしなやかな筋肉質の身体《からだ》で、麻《あさ》のスラックスと涼《すず》しげなスタンドカラーの白いシャツを着こなしている。シャツのボタンは三つほど外されていた、そのラフでくつろいだ姿が、ものすごく都会的で大人っぽく見えて……。

……それに、なんて格好いい人なんだろう……？

僕にはレオンという兄がいるんだけど、彼は国中の乙女《おとめ》が憧《あこが》れるようなすごい美形。兄ほど

格好いい男はこの世にいないんじゃないかと、ずっと思ってきた。だけど……。

……レオンと並べるくらいの高貴で麗《うるわ》しい男を、初めて見たかもしれない……。

ラフに伸《の》ばした濃茶色《こいちゃ》の髪《かみ》が、逞《たくま》しい肩《かた》にかかっている。彼の野性的な雰囲気に、その髪型《かみがた》はとてもよく似合っている。

陽《ひ》に灼《や》けた肌《はだ》、高貴なイメージの真っ直《す》ぐな鼻梁《びりょう》。

男らしい眉《まゆ》の下のくっきりした奥二重の目。

茶色の瞳《ひとみ》は若々しく澄《す》んでいるけれど、その奥にどこか獰猛な光を宿しているみたいで……

もしも真っ直ぐに見つめられたとしたら……。

考えただけで、背筋を、甘くて鋭《するど》い電流が駆《か》け抜《ぬ》ける。

「……っ」

その甘さに、僕は思わず息を呑《の》む。

……ああ、この気持ちって、なんなんだろう?

見ているだけで、身体の奥がおかしくなりそう。僕は慌てて彼から目をそらす。

……あれが……サイラスが言っていた、ルーデンドルフから来た男の人……。

僕は、なぜかとても速くなってしまった鼓動《こどう》をもてあましながら思う。

……そういえば、ルーデンドルフ出身の人と会うのって初めてかもしれない。

僕は手の中のグラスに目を落としながら、震《ふる》えるため息をつく。

……ルーデンドルフの男の人は、みんなあんなにセクシーなんだろうか？

ラインハルト・フォン・ルーデンドルフ

……両親との約束があるので出席したが……。

私は、押し寄せてくる人々に挨拶《あいさつ》を返しながら、心の中でため息をつく。

……やはりパーティーというのは想像以上に退屈《たいくつ》だ。

私の周囲を取り囲むのは、妙齢《みょうれい》の女性達。どこかしらのパーティーで会った記憶《きおく》があるということは、王族か貴族、もしくは世界的なＶＩＰの子女ばかりだろう。

今日のパーティーは、大学時代の友人、サイラス・アトキンソンが、南フランスの新しい別《べっ》荘《そう》をお披露目《ひろめ》するためにひらいたもの。各国から若い人間ばかりを集めた気軽なパーティーだと聞いていた。たまたまパリに出張してきていた私も呼ばれた。

「ラインハルト！　よく来てくれたね！」

人々の間を縫《ぬ》って声をかけてきたのは、サイラスだった。白いサマーセーターにチノパンという砕《くだ》けた格好。色違《いろちが》いのポロシャツにジーンズ姿の青年二人を連れている。

「お招きありがとう、サイラス。久しぶりだ」

私が言うと、彼は微苦笑《びくしょう》を浮《う》かべて言う。

「こっちは旧交をあたためたいのは山々だが、おまえがとんでもなく忙《いそが》しいんだろう？　今回もパリに出張で来ているというから慌てて招待状を出した。顔が見られて嬉《うれ》しいよ」

セキュリティーのために私の顔はかなり厳密な秘密になっている。だが、学生時代からの気の置けない友人である彼には、もちろん私がルーデンドルフの王族であることをカミングアウトしている。父の公務の手伝いと実業家としての仕事を両立していることを知っているので、気を遣ってくれているのだろう。

「ああ、紹介しよう。……こっちがいつも話していたやんちゃな弟のアンリ。そして弟の親友のモーリス。アンリはうちの会社を手伝っているし、モーリスはオビニエ銀行グループで働いている。……実業家として、君を尊敬しているらしい」

青年達は嬉しそうに私を見上げ、仕事に関する質問をいくつもしてくる。その目は若者らしく輝《かがや》いていて、将来が期待できそうだ。

「本当は、弟にはもう一人親友がいて、彼も来ているんだが……」

サイラスが、気がかりな様子で、テラスにチラリと目をやりながら言う。

「流し目だけで女性を恋《こい》に堕《お》とす遊び人のおまえには、あえて紹介しないでおく。あんな純情な子を、口説かれたらたまらないから」

スポーツマンらしくさばさばしていた性格のサイラスが、なぜか複雑な口調で言う。

「なんだ？　恋人《こいびと》でもできたのか？」

私がテラスの方を見ようとすると、サイラスは立ちはだかって視線を遮《さえぎ》る。

「違《ちが》う。女性ではないから、おまえは興味を持たなくていい」

サイラスがかすかに目元を赤くしたのを見て、私は興味を覚える。

……いったい誰《だれ》なんだろう？

「あの……ラインハルト様」

「少しお話したいんですけど、よろしいかしら？」

サイラス達の間に割って入るようにして、女性達が詰《つ》め寄ってくる。

「私達はお邪魔《じゃま》なようだな」

押しのけられたサイラスが苦笑して、

「また改めて誘《さそ》うことにするよ。今夜は楽しんでくれ」

「わかった。時間のある時にでも遠慮《えんりょ》なく連絡《れんらく》してくれ」

私が言うと、サイラスはにこりと笑って踵《きびす》を返す。彼の弟とその友人が、私にぺこりと会釈《えしゃく》をしてサイラスの後を追っていく。

「サイラス！　お招きありがとう！　久しぶりだな！」

「あれ？　アンリじゃないか？　大きくなったなあ」

スポーツマンらしいごつい身体の一団が、サイラス達に話しかけているのが見える。私は話

しかけてくる女性達の言葉を適当に受け流しながら、ついテラスに目をやってしまう。そして

……そこにいた青年を見てそのまま動きを止める。

……あれは……。

音楽も、パーティーの喧騒《けんそう》も、話しかけてくる女性達の声も、すべてが消える。

私の目が、その青年に吸い寄せられたまま、どうすることもできない。

サラサラとした茶色の髪が、満月の光を浴びてキラキラと揺《ゆ》れる。

小さく整った卵形の顔、透明感《とうめいかん》のある滑《なめ》らかな肌。

繊細《せんさい》な細い鼻筋と、開き始めたばかりの花のように淡《あわ》い色の唇《くちびる》。

くっきりとした二重の瞼《まぶた》、長く反り返る睫毛《まつげ》、ただの茶というには艶《つや》のありすぎる、不思議な紅茶色の瞳。

私の身体を、電流のようなものが貫《つらぬ》いた。彼はそれほどに美しかったのだが……それだけではなく……。

……どうして、こんなところにいるんだ……？

私は、呆然と彼を見つめながら思う。

彼に会うのはこれが初めてだ。だが、私は彼の顔をよく知っている。

彼の名前は、イリア・サンクト・ヴァレンスク。欧州《おうしゅう》の富豪《ふごう》国、サンクト・ヴァレンスクの王の次男。正真正銘《しょうしんしょうめい》、本物の王子様だ。

……しかし……なんて美しいんだろう……？

サンクト・ヴァレンスクは、私の国と同じく秘密主義の国で、王族の写真は海外にはほとんど出回っていない。だが、王族である私は、隣国《りんごく》であるサンクト・ヴァレンスクの実情を知る必要がある。

次男であるイリア・サンクト・ヴァレンスクの顔と名前はもちろん知っている。だが、諜報《ちょうほう》部の人間が撮《と》って来た彼の写真は、隠《かく》し撮《ど》りだったせいでかなり不鮮明《ふせんめい》だった。ほっそりとして美しい横顔をした王子様だな、と思ったが……まさか……こんなとんでもない美青年だったなんて。

私は、サイラスが彼と私を会わせたがらなかったことを思い出す。

私の国であるルーデンドルフと、彼の故郷であるサンクト・ヴァレンスクは友好国ではない。そんな国の王族がこんな場所で会ってしまうというのはもちろん望ましくないが……。

……たしかに、真綿に包んでしまっておきたくなるような、頼《たよ》りなさそうな王子様だ。

私は、カーテンの陰《かげ》に隠れるようにしていかついSP達が控《ひか》えているのに気づく。いちおう警護はされているようだが……彼は王族。気楽に若者だけのパーティーに顔を出していいような身分の人間ではない。

……危険すぎる……。

私は舞踏室《ぶとうしつ》を見渡《みわた》しながら、呆然《ぼうぜん》と思う。

気の置けないパーティーに呼ばれているゲストは、城でのパーティーほどメンバーが厳選されているわけではない。どう見ても同性に興味があるだろう、というギラギラした目をした男が何人も交ざっている。好奇心《こうきしん》丸出しで私を振《ふ》り返るメンバーもいるが……そういう男は麗《うるわ》しい彼に陶然《とうぜん》と見とれたまま、視線を外そうとしない。ヤツらの頭の中では、あの美しくて純情そうな王子様は、とっくに裸《はだか》にされて、口にはできないような淫《みだ》らなことまでされてしまっているはずだ。

……この世には、生まれながらにして高貴な人間が存在する。煌《きら》めくオーラで周囲を魅了《みりょう》し、正しい判断を失わせる。

イリア・サンクト・ヴァレンスクの無防備な様子は、男の本能の原初的な欲望《よくぼう》を刺激《しげき》してくる。遊び人と言われているはずの私まで、眩暈《めまい》を覚えるくらいだ。

……彼は特別な価値を持つ高貴な宝石だ。そしてそういう人間は、真綿に包んで大切に宝石箱にしまっておくべきだ。でなければ、あっという間にどこかにさらわれてしまうだろう。

彼をギラギラした目で見つめていた男たちのうちの二人が、意を決したように彼に近づいていくのが見える。二人とも三十代くらいで、金のかかった派手な身なりをしたいかにも遊び人風の男達。囁《ささや》き合っているのはきっとよからぬ言葉だろう。

所在なげに海を見ていた彼が、声をかけられて驚《おどろ》いたように顔を上げる。男達は何か言いながら、彼に飲み物がなみなみと注がれたグラスを差し出す。もう一人にちらりと目配せをしたところを見ると、とんでもなく強い酒に決まっている。

そこまでサンクト・ヴァレンスク王室に詳《くわ》しいわけではないので、イリア・サンクト・ヴァレンスクの年齢《ねんれい》までは知らない。だが、そのルックスからして彼はどう見ても未成年だろう。

イリア・サンクト・ヴァレンスクは戸惑《とまど》ったような顔で断ろうとしているが、男達はしつこく飲み物をすすめている。手に押し付けるようにされて、イリアがグラスを受け取ってしまうのが見える。

……未成年に無理やりに酒をすすめるなんて。

私は怒《いか》りを覚えながら、彼らに向かって歩きだす。

……何をしているんだ、私は？　だが、どうしても放っておけない。

「よかったら飲んで。たいして強くないからさあ」

「そうそう。ジュースみたいなもんだよ」

男達が下卑《げび》た笑いを浮《う》かべながらいい、イリアが困った顔になる。

数メートル離《はな》れた場所に、一応SPらしき人間は控えている。だがパーティーに似つかわしくないルックスと雰囲気《ふんいき》の彼らは場に溶《と》け込めず、そのせいで近寄ることができない。イリアが一瞬《いっしゅん》でも視線をやれば彼らは飛んでくるだろうが、パーティーの雰囲気を壊《こわ》したくないのか、イリア・サンクト・ヴァレンスクは振り返らないままだ。

「申し訳ありません。でも僕、お酒は……」

グラスを持ったイリアが困ったように言う。その声は新鮮《しんせん》な湧水《ゆうすい》のように透《す》き通っていて、こんな場合なのに聞きほれてしまいそうだ。微《かす》かに震《ふる》えている語尾《ごび》が、男の嗜虐心《しぎゃくしん》をかきたてる。

「大丈夫《だいじょうぶ》だよ。それともパーティーの雰囲気を壊したいのかな？」

「酒を飲まないなんて、ルール違反《いはん》だと思わない？」

男どもに言われたイリアが、困ったようにグラスを見下ろす。

……こんな子を、こんな危険な場所に放り出すなんて。サンクト・ヴァレンスクのセキュリティーはいったいどうなっているんだ？

私は苛立《いらだ》ちを覚えながら、人の間を縫《ぬ》って彼に近づく。

……このままでは、いかにも世間知らずで純情そうなこの王子様は、あっさりと遊び人の狼《おおかみ》達の餌食《えじき》にされてしまうだろう。

「失礼、君は未成年だろう？」

私が声をかけると、うつむいていたイリアが顔を上げる。真っ直《す》ぐに見つめられて、私はそのまま動くことすらできなくなる。

澄《す》み切った内面を表すかのような、その真っ直ぐな視線。紅茶色の瞳《ひとみ》は近くで見ればますます美しく煌めき、見つめられているだけで汚《けが》れた自分を恥《は》じたくなるような……。

「あの……僕は……」

彼の柔《やわ》らかそうな唇がわずかに動き、戸惑ったようなかすれ声を発する。彼の手の中のグラスから、ライムに混じって強いテキーラの香《かお》りが立ち上る。こんなものを飲んだら、酒に慣れていない未成年は一発で倒《たお》れるだろう。

「ともかく没収《ぼっしゅう》だ。……おいで」

私は彼の手からグラスを取り上げ、もう一方の手を彼の背中に回す。手のひらで感じるのは、薄《うす》いシャツの下のほっそりとした体つきと、まるで大理石にでも触《ふ》れているかのような低い体温。昼間の暑さが残る熱い空気の中で、彼の身体《からだ》の感触《かんしょく》は信じられないほど心地《ここち》よかった。触れているだけで、なぜか鼓動《こどう》が速くなる。

……いったい何をしているんだ、私は？

私は思いながら人ごみを縫って進み、通りすがったウエイターのトレイにグラスを載《の》せる。

「アルコールが強すぎて飲めなかった。返すよ」

言って、舞踏室から廊下《ろうか》に出る。そして、さりげなく後ろをついてきていたごつい男達を振り返る。

「彼らは君のＳＰだろう？　すぐにわかったよ」

私が言うと、イリアは驚いたように目を見開く。それから、

「ということは……もしかして、あなたにもＳＰが……？」

言いながら周囲を見渡す。私が手を挙げて合図をすると、近くで話をしていた男二人が振り返る。二人とも陽《ひ》に灼《や》けた肌《はだ》をしていて、開襟《かいきん》シャツに麻《あさ》のスラックスというくつろいだ格好

だ。いちおう筋肉質ではあるが、若いスポーツ好きにしか見えないルックスで、周囲に溶け込んでいる。

「彼らがSPだったんですね。全然わかりませんでした」

「常に同行できるよう、どこにでも馴染《なじ》むように訓練されている。君のところのSPのようにいかつくはないが、あらゆる面でプロフェッショナルだ。まあ、私も最低限の自衛ができるように学生時代からボクシングをやっているのだが」

私が言うと、イリアは感動したような顔をする。

「すごいですね。僕はいつもSP達に守ってもらっている感じなんですが、あなたはSPと並んでも遜色《そんしょく》ない感じです。……なんだかすごいな……」

紅茶色の目が、うっとりと私を見つめてくる。

「本物の大人の男って感じで、とても素敵《すてき》です。アンリやモーリスが、あなたに憧《あこが》れるといっていた理由が、よくわかりました」

微かに頬《ほお》を染めながら言われ、なぜか眩暈がする。

……まったく、なんて子だろう。こんな子を野放しにしたら本当に危険だろうに。

私は思いながら、二人のSPに目をやる。

「もうちょっときちんと監督《かんとく》したらどうだ？　彼は未成年だろう？」

私の言葉に、いかついSP達は戸惑ったような顔をする。

「……申し訳ありません」

リーダー格らしい方が、言って丁寧《ていねい》に頭を下げる。

「あの……彼らに落ち度はありません」

イリア・サンクト・ヴァレンスクが、困ったような顔で私を見上げてくる。

「僕、もう成人していますから」

「は？」

私は信じられない気分で彼をまじまじと見つめる。彼の顔立ちは決して幼くはなかったが、少しの穢《けが》れもない無垢《むく》な表情は、若いを通り越《こ》して少年のようで……。

「成人している？　君が？」

「はい。あの……」

彼は真面目《まじめ》な顔で姿勢を正す。

「僕、イリア・ヴァレンスキーと言います。二十歳《はたち》になりました。今夜のパーティーのホスト、サイラス・アトキンソンとは、幼馴染《おさななじ》みなんです。彼の弟のアンリとは学生時代からの親友です」

一気に言い、それからさっきのことを思い出したのか、少し困った顔をする。

「ええと……一応成人ではありますが、アルコールには強い方ではありません。だから連れ出していただいて助かりました。どうもありがとうございました」

律儀《りちぎ》な口調で言い、頭を下げる。私は彼が本名を名乗らなかったことに気づく。そして諜報《ちょうほう》部からの報告書を思い出す。

……そういえば、彼の兄であるレオン・サンクト・ヴァレンスクも、実業家としての仕事をしている時には母親の旧姓《きゅうせい》を名乗っていたはず。イリアもそれに倣《なら》っているのだろう……ということは、自分が王族であることをおおっぴらにしたくはないのだろう。

……まあ、本名と素性《すじょう》を明かしたくないのは、私も同じだが。

「私はラインハルト・ヴェルナー。サイラス・アトキンソンとは、大学時代からの友人だ」

私は、海外でいつも使っている通り名（彼と同じように母親の旧姓だ）を言う。

「ヴェルナーさん……ですか。お会いできて、そしてお話ができて光栄でした」

彼は丁寧な口調で言い、それからSP達を振《ふ》り返る。

「僕達はそろそろ帰ろうか。サイラスもアンリ達も、きっと今夜は忙《いそが》しいだろうし」

……帰る？

私はその言葉に、なぜかとてもドキリとする。

……彼は友好条約を交《か》わしていない国、サンクト・ヴァレンスクの箱入りの王子様。そして私はルーデンドルフの王位継承《けいしょう》者。彼が海外で積極的にパーティーに参加したという話は今まで聞いたことがなかったし、この内気そうな性格では今後も参加する見込みはとても少ない。今ここで別れてしまっては、もう二度と彼と会うことはできないかもしれない。

そう思うだけで、心が激しくざわめく。まるで、彼を逃《のが》してはいけない、と言っているかのように。

「それなら、私のリムジンで送ろう」

私の言葉に、彼は驚《おどろ》いたように見上げてくる。

「いえ、あの、迎《むか》えの車が来ますから……」

「もう少し話したいんだ。サイラスやその弟の昔の話も聞きたいし」

私が適当なことを言うと、彼は急に嬉《うれ》しそうになって言う。

「二人のことなら、昔から知っています。あんまり話すと叱《しか》られそうですけど」

淡《あわ》いピンク色の唇《くちびる》から、真珠《しんじゅ》のような歯が覗《のぞ》く。その少年のように無邪気《むじゃき》な笑《え》みに、私の心がまたざわめく。今度は、彼の細い肩《かた》を今すぐに引き寄せてしまいたい、とでも言っているかのようだ。

「それなら決まりだ。行こう」

「あの……でもSPである彼らと一緒《いっしょ》でないと行動できない決まりになっているんです。大人数ではご迷惑《めいわく》でしょうから……」

「リムジンのほかに、SP用のセダンもある。リムジンに大人数で乗るのはきゅうくつだから、彼らはそちらで送っていこう」

「本当ですか？」

彼は嬉しそうに言い、ＳＰ達に視線を送る。

「それでもいいかな？　僕も、もう少し彼と話がしたいんだ」

彼が言うとＳＰ達はわずかに困った顔をする。だが、

「わかりました。実業家であるラインハルト・ヴェルナー氏のお名前とお顔は、私も存じております。おかしなことはなさらないでしょう」

リーダー格のＳＰが言って、ちらりと視線を鋭《するど》くする。

「念のために、セダンの助手席に座らせていただきますが」

これは、王子におかしなことをしたらおまえの社会的地位がどうなっても知らないぞ、という脅《おど》しだろう。助手席に座っていれば、リムジンがセダンを振り切って走り去ろうとした時には運転手を殴《なぐ》ってでも追う……という意味だ。

……少し用心は足らないが、なかなかのＳＰじゃないか。

私は思わず微笑《ほほえ》んでしまいながら、

「席順は、うちのＳＰ達と話し合って適当に決めてくれ。……行こうか、イリア」

さりげなく肩を抱《だ》きながら名前を呼ぶと、イリアはぴくりと身体を震《ふる》わせる。

「名前を呼ばれるのには抵抗《ていこう》がある？　ミスター・ヴァレンスキーとお呼びした方が？」

私が歩きながら見下ろすと、彼は小さく笑って、

「すみません、あなたがあまりにも美声なので、少しドキドキしてしまっただけです。もちろ

ん、イリアと呼んでください」

「それならよかった。私のことは気軽にラインハルトと呼んでくれていい」

「それは無理です！　ミスター・ヴェルナーとお呼びします！」

彼は慌《あわ》てたようにかぶりを振りながら言う。

「あなたみたいに素敵な大人の男性を、呼び捨てにするなんて……」

「君は、サイラスのことも、ミスター・アトキンソンと呼んでいるのか？」

私の問いに、彼は目を丸くする。それからかぶりを振って、

「いいえ。彼のことは子供の頃《ころ》から知っていますし……」

「それなら私もラインハルトで。ミスターで呼ばれると、仕事中のようで居心地《いごこち》が悪いんだ」

「すみません。それならラインハルトと呼ばせていただきます。……なんだかますますドキドキしてしまいますけど……」

彼の耳たぶがふわりと染まったのを見て、心の中に不思議な感情が湧《わ》き上がる。手のひらで感じる彼の華奢《きゃしゃ》な肩の感じが、やけに色っぽく思えてくる。

……ああ、本当にどうしたというんだ、私は……？

私はそのまま彼を車寄せに連れて行き、迎えに来たリムジンに彼を乗せる。ドアを開けてくれていた運転手に、

「このまま別荘《べっそう》に戻《もど》る。ゲストが一人とSPが二人増えたと家令に連絡《れんらく》を」

小声で言うと、運転手は心得たという顔でうなずく。携帯電話《けいたい》を取り出すとごく短い言葉で家令にそれを伝えている。私がイリアの向かいに滑《すべ》り込むと、外側からドアが閉まる。後ろのセダンにSP達が乗り込んだのを確認《かくにん》してから、リムジンがゆっくりと走りだす。

「あ……そういえばうちの運転手に連絡をしないと」

「SPが済ませているだろう。気にすることはない」

私が言うと、彼はなんとなく不安げな顔になって言う。

「助けていただいた上に、送っていただいたりして……すみません」

口では礼を言っているが、心の中ではどうして他人のリムジンに乗ってしまったのだろうと後悔《こうかい》し、怖《こわ》がっているような顔だ。

「別にかまわない。……もしかして、やはり怖い？」

私の言葉に、彼はギクリとしたように身体《からだ》を震わせる。向かい側から見つめてくる瞳《ひとみ》がわずかに潤《うる》んで見える。私が知っている王族という人種は、私も含《ふく》めて心の中を隠《かく》し通すのが得意な人間ばかりだが……彼はそうではなく、考えていることがすぐに顔に出てしまう、とても純《じゅん》粋《すい》な王子様のようだ。

「二十歳といえば、もうそろそろ大人になってもおかしくない年齢《ねんれい》だと思うけれど？」

私が言うと、彼は私から目をそらしてどこか寂《さび》しそうに小さく笑う。

「そうですね。僕は見た目が子供っぽいだけではなく、男としての経験も足りないんです」

長い睫毛《まつげ》が美しい蝶《ちょう》の羽のようにゆっくりと瞬《またた》く。

「本当は、もっと大人になりたいのに」

彼が泣いてしまうのではないかと思った私の鼓動《こどう》が、なぜかまた速くなる。

「大人に、なりたいのか？」

私の唇から、勝手に言葉が漏《も》れた。彼は驚いたように顔を上げ、それから深く頷《うなず》く。

「はい。できれば一日も早く」

「それはなぜ？　大人になったからといって、いいことなど特にないだろう？」

思わず聞くと、彼は私を見つめたままどこか複雑な顔になる。

「そうかもしれません。でも、僕には、早く大人になる必要があるんです」

「もしかして恋《こい》でもしている？　その相手のために大人になりたい……とか？」

思わず聞いてしまうと、彼は驚いたように目を見開き……それからふいに頬《ほお》を染める。

「いいえ。僕はまだ恋をしたことすらないんです。二十歳《はたち》にもなって恥《は》ずかしいんですが」

彼はとても恥ずかしそうに、小さな声で言う。その様子はやけに可愛《かわい》らしく……彼がその見た目どおりの無垢《むく》な青年だったことに、私はなぜかまた眩暈《めまい》を覚える。

……サンクト・ヴァレンスクの第二王子は、とんでもなく罪な存在だな。

そして、心の奥底から不思議な感情が湧き上がってくることに気づく。目の前にいるこの麗《うるわ》しい青年を、抱《だ》き締めて可愛がりたい、でなければ縛《しば》って泣くほど苛《いじ》めてしまいたい。

……まあ、隣国《りんごく》の王子にそんな感情を抱く私が、とんでもなく酔狂《すいきょう》だということは確かだ。

「君はまだ私の質問に答えていないよ。恋する相手もいないのに、どうして急いで大人になりたいんだ?」

私が言うと、彼は少し迷うように視線をさまよわせ、それから微《かす》かに俯《うつむ》いて言う。

「ええと……二週間後にパーティーがあるんですが、そこで結婚《けっこん》相手を探さなくてはいけないんです。結婚するのなら、少しは大人になっていなくてはと思いました」

彼の口から出た「結婚」という言葉に、なぜか心がズキリと痛む。

……彼はサンクト・ヴァレンスクの第二王子で、王位継承《けいしょう》権は彼の兄であるレオン・サンクト・ヴァレンスクにあるはず。なぜ急いで結婚相手を探さなくてはいけないのか、理由が解《わか》らない。しかも……。

「君の口調からして、それほど乗り気とは思えない。なのにおとなしく結婚するのか?」

私がつい言ってしまうと、彼は小さく笑って、

「ええ。それが僕の義務なので」

彼の声には、深いあきらめと寂しさが入り混じっているように聞こえ……私の胸がなぜかまた痛む。

「早く大人になる方法を、教えてあげようか?」

私の唇から勝手に言葉が漏れる。言ってしまってから、やっと自分の言葉の意味に気づく。

……何を言っているんだ、私は？　相手は女性ではなくて男だ。こんな使い古された口説き文句のようなことを言われたら、嫌《いや》な顔をされるに決まっていて……。

「本当ですか？　そんな方法があるのなら、ぜひ教えてください」

どこか思いつめた様子で言われて、私はただ口が滑っただけ、とは言えなくなる。

「ああ……」

私は少し考え、それから、

「恋がどういうものか理解できれば、君もきっとすぐに大人になれるのではないかな？」

「……恋、ですか？」

彼は戸惑《とまど》ったように言い、どこか不安そうな顔で私を見つめてくる。まるで道に迷った仔犬のような目をされて、私は自分が年甲斐《としがい》もなく追い詰《つ》められていることを自覚する。

……ああ、こんな顔をされたら、何かのタガが外れそうだ。

私は思い、心の奥で警告音が鳴っているのを感じる。彼に近づいてはいけない。彼は国交のない国の王族。近くにいるべきではない。今すぐにごまかして踵《きびす》を返さなくてはいけない。

「……あなたみたいに格好いい大人の男性なら、恋がどんなものなのかを完璧《かんぺき》に理解していますよね？」

彼はすがるような目で私を見つめながら言う。

「あの……よかったら、僕にそれを教えていただけませんか？　少しだけでもいいんです」

私は湧き上がる不思議な感情に、眩暈を覚える。その気持ちがなんなのかは解らないが……それはとても熱く、苦く、そしてどこか甘く……。

……もしかして……。

私は彼の紅茶色の瞳を見下ろしながら呆然《ぼうぜん》と思う。

……私は、目の前のこの青年に恋をしてしまったのか？

「あ……すみません……僕、初対面の方に不躾《ぶしつけ》なことを言ってしまいました……」

私が答えない理由を怒《おこ》っているのだと誤解したのか、彼が少し怯《おび》えたように言う。

「今のは忘れてください。そしてパーティーを楽しんでください。すみませんでした」

私は思わず手を伸《の》ばし、彼の二の腕《うで》をしっかりと摑《つか》む。そのまま引き寄せて、真っ直《す》ぐに彼の顔を覗《のぞ》き込む。

「怒ったわけではない。もちろん教えてあげよう。それとも……私が怖い？」

私は、彼の言葉を遮《さえぎ》って言う。彼は目を丸くして、それから小さく笑う。

「僕は女性ではありません。あなたを怖がる理由がありません」

彼の笑《え》みは、少年のそれのように無邪気《むじゃき》で、私を微塵《みじん》も疑っていないことを示していた。胸がなぜかズキリと強く痛む。その痛みはやけに甘く、今までに感じたことのない種類のものでで

……私は自分の反応に驚《おどろ》いてしまう。

……いったい、どうしたというんだろう……？

イリア・サンクト・ヴァレンスク

……ああ……どうしてこんなことになっちゃったんだろう……？

リムジンに乗せられた僕は、まだ呆然としてしまいながら思う。

……アンリ達、僕がいきなりいなくなったから心配してるだろうか？

リムジンの向かい側のシートに座っているのは、ラインハルト・ヴェルナーというあの実業家だった。知らない人に声をかけられている僕を助けてくれて、それからなぜか僕を別荘《べっそう》から連れ出したんだ。

僕は車寄せに来た彼のリムジンに乗せられ、SPの二人は、後ろを走っている黒塗《くろぬ》りのセダンに乗り込んだ。ラインハルトのSPも一緒《いっしょ》に乗り込んでいったから、今頃《いまごろ》はSP同士で盛り上がっているかもしれない。

リムジンはアンリの家の別荘を出てから、海辺の道を延々と走り続けている。もう三十分くらいになるだろうか？　どこに連れて行かれるのか、想像もつかない。

彼に、もう少し話したいと言われた時、てっきり近くのカフェにでも行ってお茶でもするのかと思った。リムジンに乗せられた時には、そうじゃなくてホテルまで送ってくれてその道すがら話ができるんだと思いなおした。だけど……リムジンはホテル街のある街の中心部からはどんどん遠ざかっているみたい。

……彼は、僕をどこに連れて行くんだろう？

彼との会話が途断えた途端、僕は自分がすごく緊張していることに気づく。彼は優雅《ゆうが》に窓の外を眺《なが》めているけれど……。

なんとか気を紛《まぎ》らわせようと窓の外を見ていた僕は、我慢《がまん》できなくなってそっと視線をずらし、向かい側に座る彼を盗《ぬす》み見る。

くつろいだ服に包まれた、モデルみたいに完璧に鍛《きた》えられた逞《たくま》しい身体《からだ》。

彼はまるで生まれながらの王みたいに高貴なイメージで、煌《きら》めくオーラを放っているみたいに見える。

窓から差し込む月明かりが、彼の端麗《たんれい》な美貌《びぼう》を照らし出している。近くで見ると、彼はやっぱり見とれるような美形。しかも……。

……どうしよう？　なんだかものすごくいい香《かお》り。

僕がいつも乗っているリムジンでは、運転席との仕切り窓はまず閉められない。高齢《こうれい》の運転手といろいろなおしゃべりをしながら移動するのも、楽しみの一つだからだ。

だけど今は運転席との仕切り窓はぴったりと閉められている。しかも仕切りが透明《とうめい》でなく曇《くも》りガラスになっているせいで、走る密室という雰囲気《ふんいき》だ。

密閉された空間に、とてもいい香りが漂《ただよ》っている。彼のそばに来た瞬間《しゅんかん》から、同じ香りが鼻《び》腔《こう》をくすぐり続けている。

最初に感じるのは爽《さわ》やかな柑橘《かんきつ》系、そして緑の滴《したた》る森林を思わせる爽やかなグリーン。そしてその奥にわずかに香るムスク。大人っぽくて、なんだかやけにセクシーな香り。包まれているだけで、なぜか鼓動《こどう》が速くなってくる。

……ああ、どうしてこんなにドキドキしてるんだろう？

僕は、ちょっと焦《あせ》ってしまいながら思う。

……黙《だま》っていたら、なんだかますますおかしくなりそう。

「あの……」

言った声がかすれてしまっていて、慌《あわ》てて咳払《せきばら》いをする。

「コホン、あの……」

窓の外を見つめていた彼が、ゆっくりと視線を動かして僕を見る。それだけで僕の身体は射すくめられた動物みたいに動けなくなる。

「何？」

彼が言ってその唇《くちびる》にわずかな笑みを浮《う》かべる。ゆったりとした優雅な口調で言われて、自分の焦りがすごく子供っぽく感じられてしまう。

「このリムジンは、どこに向かっているんでしょうか？　ニースのことには詳《くわ》しくないんですが、街の中心部からどんどん離《はな》れている気がするんですが……」

「もうすぐだよ。着いてみればわかる。……何か気になることでも？」

平然と聞かれて、僕はなんと言っていいのか迷う。まさか、初対面のあなたと沈黙の中にいるのが気詰《きづ》まりだ、とも言えないし……。

「いえ、あの……アンリ達に何も言わずに出てきてしまったので、心配しているかなと」

「それなら大丈夫《だいじょうぶ》だ」

彼は肩《かた》をすくめ、僕の頭越《ご》しにリアガラスの向こうに目をやる。後ろには、SP達が乗っているセダンが走っているはずだ。

「さっき、SPに連絡《れんらく》をさせておいた。君をさらって逃《に》げる、とね」

彼は言って、唇の端《はし》に意地の悪い笑みを浮かべる。

「少し慌てているだろうが心配はしていないだろう。……サイラスは、君をわざと私に紹介《しょうかい》しなかった。その仕返しだよ」

「わざと紹介しなかった？　それは、ええと……」

彼は言いづらそうに口ごもり、それから複雑な顔で私を見る。

「……もしかして、あなたがルーデンドルフのご出身で、僕がサンクト・ヴァレンスクの人間だからでしょうか？」

「サイラスから、ほかにも何か聞いた?」

彼は、僕を真っ直ぐに見つめたままで言う。僕は少し申し訳なくなりながら、

「あの……あなたが有名な実業家だってことと……あとは……」

「もしも『遊び人』という言葉を使われていたのだとしたら、訂正《ていせい》しなくてはいけないが」

彼の言葉に、僕は慌ててかぶりを振《ふ》る。

「そんなことは言っていません。ただ……僕はあなたに近づかない方がいいって」

言うと、彼はチラリと眉《まゆ》を上げる。

「私が危険だと言われた?」

「そうではなくて……僕が、立派な実業家のあなたに似つかわしくない平凡《へいぼん》な人間だからだと思います」

「平凡?」

彼はいぶかしげな声で言う。それから形のいい唇の端に苦笑を浮かべて、

「君が大人になるために、直すべき欠点が一つ、明らかになったな」

「教えてください、それはなんですか?」

僕は思わず身を乗り出してしまいながら言う。彼は僕を真っ直ぐに見《み》つめて、

「君はもっと自信を持つべきだ。そんなに怖《こわ》がっていたら、第一歩すら踏《ふ》み出せないよ」

その言葉が、僕の心にズキリと痛みを与《あた》える。

……たしかに僕は怖がってばかりで、足を踏み出すことができなくて……。

「あの……もっとほかに、大人になるために注意するべき点はありますか？」

「知りたい？」

彼が僕を見つめて言う。よく通る美声が微《かす》かにひそめられていて……僕はドキリとする。

「知りたければ、私がそれを教えてあげるよ」

彼の言葉に、僕は慌ててうなずく。

「ぜひ教えてください！　僕、大人になって、熱烈《ねつれつ》な恋《こい》がしたいんです！」

言って、彼に向かって頭を下げる。

……ともかく、パーティーの前に少しでも大人のやり方を覚えておかなきゃいけないんだ！

「わかった。私が君を大人にしてあげるよ」

彼がにっこり笑って言い、僕はホッとため息をつく。

「ありがとうございます！」

「その代わり、私のやり方はスパルタ式だ。あとで嫌《いや》だといっても撤回《てっかい》できないよ」

彼が微笑《ほほえ》みながら言う。僕はかぶりを振って、

「嫌だなんて言いません！　頑張《がんば》ります！」

……ハンサムすぎてちょっと近寄りがたかったけれど、なんて親切な人なんだろう？

「本当に素晴《すば》らしいところですね」

僕は圧倒《あっとう》されてしまいながら言う。

さっきまでいたアンリの家の別荘もとても素敵《すてき》だったけれど……彼が連れて来てくれた場所は、あそことは比べ物にならないくらいの規模があり、しかもとんでもなく豪華《ごうか》な屋敷《やしき》だった。南フランスらしい軽《かろ》やかなコロニアル風のデザインだけど、僕が普段《ふだん》住んでいるサンクト・ヴァレンスク城くらいの広さがありそうだ。

◆

SPの二人は、あらゆる場所に使用人が控《ひか》え、見るからにセキュリティーのしっかりしていそうなこの屋敷に少し安心した様子だった。だけど家令に案内されるラインハルトと僕にしっかりとついてきて、ラインハルトの居室の入り口近くにある小部屋に控えることになった。

そこから渡り廊下《ろうか》を通った先に、ラインハルトが一人で使っているという離れがあった。海に張り出した岬《みさき》の先に建っていて、セキュリティーの面では完璧《かんぺき》と言ってもいいだろう。

三方をガラス張りにされた彼専用のリビングからは、広々とした海を見ることができた。金色の月に照らされた夜の海に、僕は陶然《とうぜん》と見とれてしまう。

「なんて素敵なコテージなんでしょう?」

「私の会社の本社はルーデンドルフにある。ここは夏の短い間しか使わない別荘《べっそう》なので、少し広すぎるんだが」

彼は言いながら僕をエスコートしてリビングを横切り、テラスに面した窓を大きく開く。吹《ふ》き込んでくる潮風が、頬《ほお》に心地《ここち》いい。

……青い海を見渡《みわた》せるこんなロマンティックな別荘で、こんなにハンサムな男に口説かれたら……女性なら、それだけで彼に夢中になってしまいそう。

僕は自分の鼓動が速くなるのを感じながら思う。

……男の僕ですら、こんなふうにドキドキしてしまうんだから。

「……イリア」

すぐそばで呼ばれて、僕はドキリとする。彼の声はあまりにも甘くて、少し眩暈《めまい》がする。

「……あ……っ」

彼の手が、ボーッとしてしまっていた僕の身体《からだ》をふいに引き寄せる。彼の端麗《たんれい》な美貌《びぼう》が近づいて……。

「……ん……」

僕は一瞬《いっしゅん》、何をされているのかまったく解《わか》らなかった。身体があたたかく、呼吸する空気は芳《かぐわ》しく、そして……。

「……ん……っ！」

唇《くちびる》に触《ふ》れているのは、熱くてあたたかな、彼の……唇……。

そこで僕はやっと、自分が彼にキスをされているんだと気づく。

……嘘《うそ》……どうして……？

角度を変えながら、彼の唇が何度も重なってくる。僕は初めて触れる他人の唇の柔《やわ》らかさに陶然とし……そして全身がどんどん熱くなってくるのを感じて……。

……ああ……どうしよう……？

あまりに突然《とつぜん》の、そして強烈《きょうれつ》な体験に、意識が飛びそう。そして全身から力が抜《ぬ》けて、このまま座り込んでしまいそう。

彼の熱い舌が、僕の唇の形をゆっくりと辿《たど》っている。くすぐったいような不思議な快感が駆《か》け抜け、力が抜けてしまう。

「……ん……あ……っ」

開いてしまった上下の歯列の間から、彼の濡《ぬ》れた舌が滑《すべ》り込んでくる。

「……んう……っ」

彼の舌が、僕の口腔《こうこう》を探《さぐ》る。上顎《じょうがく》をくすぐられ、舌を舌ですくい上げられて……その感触《かんしょく》のあまりのセクシーさに気絶しそうだ。

「……うう……」

僕の手が勝手に上がり、彼のシャツの布地をキュッと握《にぎ》り締《し》めてしまう。

男の人にいきなりこんなことをされたんだから、普通《ふつう》なら突《つ》き飛ばしてもいいくらいだろう。だけど僕は……。

「……んん……っ」

舌を舌で愛撫《あいぶ》され、甘い快感が全身を痺《しび》れさせる。指に力が入って、彼のシャツをさらに強く握る。まるですがりついてしまっているみたいで、ものすごく恥《は》ずかしい。

「……キスは、初めて……？」

永遠に続くかと思われるキスの合間に、彼が言う。唇をくすぐる甘い息、ひそめられたとてもセクシーな囁《ささや》き。

「……初めて……です……」

僕の唇から、今にも泣いてしまいそうなかすれ声が漏《も》れる。

「……どうして……こんな……」

「おとなしくして。反論は許さないと言ったはずだよ」

彼の囁きに、獰猛《どうもう》な響《ひび》きが混ざる。さらにセクシーさを増したその声に、全身がトロトロに蕩《とろ》けてしまいそうになる。

「大人のキスを、きちんと覚えなさい。まずは目を閉じること」

彼が囁いて、僕の瞼《まぶた》を大きな手で覆《おお》う。

「……あ……」

あたたかい手のひらが、自分の顔に触れている。視界を遮《さえぎ》られただけで、次に何をされるのか解らなくてすごく怖い。

「目を閉じて、唇と舌だけを感じるんだ。それが大人のキスのマナーだよ」

彼の囁きが、唇に触れる。次の瞬間《しゅんかん》、さらに激しさを増したキスが僕の唇に降りてくる。

「……んん……！」

彼の舌が獰猛に僕の舌をすくい上げる。愛撫するように僕の舌を舐《な》め、先端《せんたん》をキュッと甘く吸い上げる。

「……ん……っ！」

その瞬間、驚《おどろ》くほど激しい快感が僕の背中を駆け上がった。

……ああ、どうしよう……？

僕は目をふさがれたままで思う。

……彼はきっと、僕に大人のキスを教えてくれているだけ。なのに、身体が……。

不慣れな僕の身体は、何を勘違《かんちが》いしたのか甘く蕩けそうになっている。全身の皮膚《ひふ》が敏感《びんかん》になり、血流が速くなり、そして……。

……ああ、なんてことだろう……？

僕はキスを受けながら、泣いてしまいそうになる。

……僕、勃起《ぼっき》しちゃってる……。

スラックスと下着の下、僕の中心は熱を持って勃《た》ち上がってしまっていた。キスをされ、舌を愛撫されるたびにヒクヒクと震《ふる》えて、さらに硬《かた》さを増す。もしも彼が見下ろしてきたとしたら……スラックスを持ち上げる屹立《きつりつ》をしっかり見られてしまうはずだ。

「……ダメ……ラインハルト……んん……っ」

慌《あわ》てて離《はな》れようとして、彼の胸に必死で両手を突く。だけど彼はそうさせまいとするようにキスを深くする。彼の手が腰《こし》に回り、そのまま強く引き寄せられてしまう。

「……あ……っ」

グッと抱《だ》き寄せられて、硬く勃起した屹立が、彼の腿《もも》に触れてしまう。筋肉質の硬い感触に、僕の屹立がビクンと震えて……。

「……んくぅ……っ！」

僕の呻《うめ》きを、彼の唇が吸い上げる。僕の屹立の先端から、ビュクビュクッ！　と激しく快楽の蜜《みつ》が迸《ほとばし》り、下着をたっぷり濡らして……。

「……ああ……っ」

カクンと膝《ひざ》から力が抜けて、そのまま座り込みそうになる。彼は僕を抱き締めて支え、そして僕の耳に囁きを吹き込む。

「……キスだけで、イッてしまった……？」

とても恥ずかしい言葉、そして獰猛な声。本当は認めたくないけれど、嘘を言うこともできない。

「ごめんなさい。僕……本当に不慣れで……」

「君は……あまり優秀《ゆうしゅう》な生徒とはいえないな」

彼の言葉に、僕は本気で泣いてしまいそうになる。

「ごめんなさい。あきれたでしょう？　すぐに出て行きますから……」

「そうではない」

彼は僕の顔を覗《のぞ》き込みながら、言う。

「このままでは、まともなキスすらできないままだよ。……今夜はここに泊《と》まりなさい。いいね？」

その言葉に、僕は震えながらうなずく。

「……はい……」

……彼のことが、少し怖《こわ》い。でも……。

僕は、全身が熱い痺れに包まれるのを感じながら思う。

……でも……どうしてこんなに甘い気持ちになるんだろう……？

ラインハルト・フォン・ルーデンドルフ

……なんてことだ……。

ベッドに座った私は、バスルームのドアを見つめてため息をつく。明かりは窓際に置いたスタンドだけで、部屋は薄明《うすあ》かりの中に沈《しず》んでいる。

彼が放ってしまった後。私はバスタブに湯を張り、泣きそうな彼に風呂《ふろ》に入ることをすすめた。彼がバスルームに消えてから部屋を出て、SP用の控《ひか》え室に向かおうとし……。

部屋にいるかと思った彼のSP二人（彼はワシリーとイーゴリと呼んでいた）は、控え室の前の廊下《ろうか》に立ち、こちらを真っ直《す》ぐに見つめていた。

「この屋敷《やしき》のセキュリティーは完璧《かんぺき》だ。控え室でゆっくりしていてもよかったのに」

私が言うと、ワシリーは微《かす》かに眉《まゆ》を寄せて、

「そういうわけにはいきません。……イリア様は、帰りの準備を済ませましたか？」

「そのことだが」

私に二人の顔を見比べて、

「イリアは今夜はここに泊《と》まる」

二人は驚《おどろ》いた顔で私を見つめる。イーゴリが呆然《ぼうぜん》とした声で、

「イリア様が、そうおっしゃったのですか？」

「そうだよ。……彼はもう未成年ではない。友人の家に泊まるくらい日常茶飯事だろう？」

私が言うと、ワシリーが、

「いいえ。イリア様はそのようなことはなさいません。一番の親友のアンリ様とモーリス様のお宅にお邪魔《じゃま》した時も同じです」

彼の目は鋭《するど》く、私がイリアに何かしたのではないかと疑っているようだった。

「イリア様は、いらっしゃらないのですか？　命令は、主人であるイリア様の口から聞かなくてはいけません」

「彼は来られない。だから私が伝えに来たんだが」

私が言うと、二人は驚いたように目を見開く。

「まさか……体調を崩《くず》されたのですか？」

イーゴリの言葉に、私はかぶりを振《ふ》ってみせる。

「少し疲れているようだっただけだ。だからここに泊まるようにすすめた。彼は承諾《しょうだく》し、今はゆっくり風呂に浸《つ》かっている」

二人のＳＰは顔を見合わせる。

「内気なイリア様がこれほど早く心を開いたのは、初めてかもしれません」

イーゴリが感慨《かんがい》深げに言い、それから顔を厳しく引き締《し》めて、

「申し訳ありませんが、後ほどお部屋にうかがいます。命令は必ず主人から聞くというのが規則ですので」

彼の言葉には、複雑な響《ひび》きがあった。私がイリアに何かしてそのまま部屋に監禁《かんきん》しているのではないかと疑っているのかもしれない。

「わかった。一時間後くらいに来てくれ。その頃なら彼も風呂から上がっているだろう」

私は言って、踵《きびす》を返す。背中に二人のSPの鋭い視線が突《つ》き刺《さ》さる気がする。

……イリアの身辺警護を担当しているせいか、この二人はかなり鋭そうだ。イリアは、彼らに秘密を作ることができるのだろうか？

私は廊下を歩き、居室にしているコテージに入る。ベッドルームに向かいながら、信じられない気分になる。

……彼と私は同じ男。しかも国交のない国の王子同士。なのに……。

私は彼の無垢《むく》な様子にすべてを忘れ、深く深くキスを奪《うば》った。彼は私の舌での愛撫《あいぶ》に体温を上げ、呼吸を速くし……そして達してしまった。

長い睫毛《まつげ》を震《ふる》わせ、頬《ほお》を染めながら達した彼は信じられないほどに美しく……私はすんでのところで彼を抱《だ》き上げてベッドに押《お》し倒《たお》すところだった。

……私は、欧州《おうしゅう》社交界では名の知られた遊び人。ゲイであるはずがない。なのに……。

ここに泊まるように言った時の、彼の不安そうな顔。思い出すだけでまたなぜか身体《からだ》の深い場所が熱くなる。

……私は……あの麗《うるわ》しく無垢な青年に発情しているのか？

……なんてことしちゃったんだろう……。

彼がバスタブに張ってくれたあたたかなお湯の中、僕は膝《ひざ》を抱《かか》えてうなだれている。とても親切な彼は、初対面の僕に大人のキスを教えてくれた。本当なら冷静に学ばなきゃならなかったのに、僕は……。

「……ああ……」

僕は両手で顔を覆《おお》って震えるため息をつく。

抱《だ》き締めてきた腕《うで》はどこか獰猛《どうもう》で、そのキスは信じられないほど熱く……キスどころか他人にそんなふうに触《ふ》れられることにすら慣れていない僕は、湧《わ》き上がる快感をコントロールすることができなかった。浅ましく屹立《きつりつ》を硬《かた》くし、みっともなく喘《あえ》ぎながらイッてしまった。

「……信じられない……」

思い出すだけで、死んでしまいそうなほど恥《は》ずかしい。

彼が言った、「君は優秀《ゆうしゅう》な生徒とは言えないな」という言葉が脳裏《のうり》をよぎる。本当なら呆《あき》れて追い出されてもおかしくないと思うんだけど、彼はそんなことはせずに今夜泊まりなさいと言ってくれた。しかも僕のためにお風呂にお湯まで張ってくれた。

……なんて親切な人なんだろう？

僕は思い、そして彼が先に僕にお風呂を使わせてくれたことを思い出す。

……しまった、僕、バスルームを独《ひと》り占《じ》めしてる！　落ち込んでる場合じゃない！

僕は慌《あわ》てて立ち上がり、バスタブから出る。そのままバスルームを横切ろうとして……。

「あっ！」

身体を洗った時の泡《あわ》が残っていたのか、足の裏がタイル張りの床《ゆか》の上でツルツルと滑《すべ》る。

「うわ、うわっ」

滑らないようにして情けない格好《かっこう》でタイルの上を歩く。やっとドアの近くに到達《とうたつ》し、ドアノブに摑《つか》まろうと手を伸《の》ばし……。

「……あっ……！」

油断した瞬間《しゅんかん》、足の裏がツルリとタイルの上を滑って……。

「うわっ！」

僕はバランスを崩して叫《さけ》び、そのまま後ろ向きに転んでしまう。

尾《び》てい骨《こつ》を守るために、とっさにタイルに両手をつく。そのせいでたいしたダメージはなかったけれど、むき出しのお尻《しり》をタイルに打ち付けたことには変わりなくて……。

「……い、たぁ……っ！」

「どうしたっ？」

声がして、いきなりバスルームのドアが向こう側に開く。信じられないことに、ラインハルトが、僕を見下ろしていた。彼の顔に浮《う》かんでいるのは、端麗《たんれい》な顔立ちに似合わないとても焦《あせ》った表情。僕は何が起きたかを一瞬《いっしゅん》理解できず、彼を見上げながら呆然と思う。

……ハンサムな人は、どんな時でもハンサムなんだな……。

「転んだのか？　ケガは？　頭を打っていない？」

ものすごく心配そうに言われて、僕はやっと我に返る。

……何を呆然としちゃってるんだ、僕は……？

「す、すみません。泡で滑ってお尻を……」

僕は彼に説明し……それからふいに自分がどんな格好をしているかに気づく。

「……あ……」

僕は両手を後ろについてタイルに座り込み、しかも膝を曲げて開いた両脚《りょうあし》を彼の方に向けてしまっていた。彼から見たら、とんでもないところまで見えているはずで……。

「……す、すみません……っ」

僕は慌てて両脚を閉じてタイルの上に座り込み、自分の身体を抱き締める。お風呂《ふろ》のせいで火照《ほて》った身体がさらに熱くなり、鼓動《こどう》がどんどん速くなる。

「大丈夫《だいじょうぶ》、滑って転んだだけです。手をついたので尾てい骨も打っていません。すみません。見苦しい格好をお見せして」

小さい頃《ころ》は、兄さんといつも一緒《いっしょ》にお風呂に入っていた。アンリとモーリスが王宮に泊《と》まりに来た時に、みんなで入ったこともある。サンクト・ヴァレンスクの冬はとても寒いし、外から帰ったら一瞬でも早くあたたまらないと凍傷《とうしょう》になったりする。バスルームはまるで室内プールみたいに広いし、バスタブは五人くらい入れそうな大きさがあるせいか、全裸《ぜんら》を見られてもまったく気にならなかった。でも……。

……どうしよう、ものすごく恥ずかしい……。

女の子じゃあるまいし、と思うのに、とんでもない禁忌《きんき》を犯している気がする。身体の隅々《すみずみ》まで、彼に見られるのが恥ずかしい。もしかしたら、感じたところなんか見せてしまったせいなのかもしれないけれど……。

「叫び声が聞こえてきたので、驚《おどろ》いたよ。本当に痛いところはない？」

彼が呆然《ぼうぜん》とした声で言う。僕は慌ててうなずいて、

「驚いて声を出してしまっただけです。本当に大丈夫……あっ！」

呆然としていた僕は、いきなり彼に抱き寄せられて驚きの声を上げる。

高価そうな服が濡《ぬ》れるのもかまわず、彼はタイルに膝をつき、僕の身体を抱き締めていた。彼の手が僕の後頭部を支え、髪《かみ》をクシャリと撫《な》でる。

「……よかった。本当に驚いた……」

耳元で、深いため息混じりの声が囁《ささや》く。

「……君がケガをしたのではないかと思った。無事でよかった……」

真摯《しんし》な声に、彼が、本当に心配してくれてたのが伝わってくる。

……優《やさ》しい人なんだ……。

僕は呆然と抱き締《し》められたままで思う。

……転んだだけなのに、こんなに心配してくれるなんて……。

鼓動がますます速くなり、胸がギュッと痛む。その痛みがとても甘くて……僕は少し驚いてしまう。

……ああ、僕、やっぱりすごくおかしいよ。男の彼に抱き締められて、こんなにドキドキするなんて……しかも……。

あたたかな湯気の中、シャワーソープの香《かお》りに、彼のコロンの香りがふわりと混ざる。それはなんだか、身体が熱くなりそうなほどのセクシーな芳香《ほうこう》で……。

「少し待って。身体を拭《ふ》かなくては風邪《かぜ》を引いてしまう」

彼が言って立ち上がり、脱衣《だつい》室からバスタオルとハンドタオルを持って戻《もど》ってくる。ハンドタオルを頭に被《かぶ》せられ、髪を拭かれる。それからふわふわのバスタオルで身体を包まれる。肌《はだ》が覆われたことに、僕はホッとため息をつく。だって、彼の前に裸《はだか》をさらしているのは、なんだか本当に恥ずかしかったんだ。

「お騒《さわ》がせして、本当にすみませんでした……あっ！」

彼の腕が、バスタオルに包まれた僕をそのまま抱《だ》き上げる。ふわりと身体《からだ》の浮く感覚に僕は驚いて声を上げる。

「大丈夫です、一人で……」

「途中《とちゅう》でよろけてけがをしたら大変だ。つかまって」

言いながら見下ろされ、とても近い場所に顔があったことに気づいて鼓動が速くなる。僕は慌てて手を伸ばし、彼の首につかまる。

「いい子だ。そのままおとなしくしているんだよ」

彼は言って、僕を抱いたまま脱衣室を横切り、ベッドルームに出る。そのまま真っ直《す》ぐにベッドに向かい、僕をそこにそっと下ろす。

「下着とパジャマを出すから、髪を拭いておきなさい」

彼が言って僕に背を向ける。壁《かべ》一面にしつらえられたクローゼットの折り戸を開き、中からビニールに包まれた新品の下着とパジャマを取り出す。さらにハンガーにかかっていたガウンを出し、それらを持って戻ってきてベッドの上に広げる。

「一時間後に、君のSP達が来るらしい。私が、君を監禁《かんきん》したのではないかと疑っているのかもしれない」

彼は言って苦笑《くしょう》する。僕は慌ててしまいながら、

「そんな……着替《きが》えたらすぐに電話をします。親切にしていただいたのに、すみませんでした」

申し訳ない気持ちになって、彼に頭を下げる。

「二人はとても優しいんですが、それが過ぎてたまに過保護になる時があって……」

「いいSPじゃないか。……私は隣《となり》のリビングにいる。何かあったら呼んでくれ」

彼が言って部屋を横切り、隣の部屋へのドアから消える。

僕はホッと深いため息をつき、それから彼にはとんでもない醜態《しゅうたい》をたくさんさらしてしまっていることに気づく。

……キスだけでイッただけじゃなく、お風呂で滑ってあんな恥《は》ずかしい格好を見られちゃったなんて……。

僕はタオルに顔を埋《うず》めてため息をつく。

……本当なら、愛想《あいそ》をつかされて、さっさと帰れと言われてもおかしくないくらいだと思うんだけど……。

僕は胸の鼓動が速くなるのを感じながら思う。

……彼はそんなこと言わなかった。きっと、すごく優しい人なんだ……。

ラインハルト・フォン・ルーデンドルフ

リビングのソファに座った私は、手で顔を覆《おお》ってため息をつく。

……しどけない格好で座り込んだ彼を見て、私は本気で発情してしまった……。

……なんてことだ……。

彼の肌は、どこからどこまで真珠《しんじゅ》のように白く滑《なめ》らかだった。青年らしいしなやかさを持つ身体のラインは、見とれるほどに美しかった。

髪が濡れたせいでますます顔の小ささが強調されていた。すんなりと伸《の》びた首筋、華奢《きゃしゃ》な鎖《さ》骨《こつ》、ほっそりとした腕《うで》。

平らな胸の頂点には、まるで花びらのような淡《あわ》いピンク色の乳首《ちくび》があった。キュッと細くくびれたウエスト、華奢な腰骨《こしぼね》、現代っ子らしくすらりと長い脚《あし》。

彼の裸体《らたい》が瞼《まぶた》に焼き付いてしまった私は、もう一度ため息をつく。

彼はこちらに向けて両脚を開いた格好で座り込んでいた。彼の形のいい中心が、まだ無垢《むく》な淡い色をして、その下腹部に横たわっていた。そしてあの両脚の間の暗がりには……。

私の心臓が、どきりと跳《は》ね上がる。

彼の身体は、どこもかしこも無垢な真珠色と、桜貝のような淡いピンク色で構成されていた。暗がりに隠《かく》された蕾《つぼみ》もあんな淡いピンク色をしているのだろうか？　そう思っただけで、眩暈《めまい》がした。私はあの瞬間《しゅんかん》、自分の本質が飢《う》えた野獣《やじゅう》でしかないことを自覚した。

……本当に、ギリギリだった……。

彼をタイルに押《お》し倒《たお》し、その両脚《りょうあし》を大きく広げさせて無理やり犯してしまう自分を、あの瞬間にありありと想像できた。キスだけで達してしまうほど敏感《びんかん》な身体をした彼は、私の本気の愛撫《あいぶ》に喘《あえ》ぎ、何も解《わか》らないままに犯されてしまっただろう。

……私は、いったい何をしようとしたんだ……？

私は必死で欲望《よくぼう》を抑《おさ》え込み、彼をタオルで包んでベッドに運んだ。あの時我慢《がまん》ができたのは本当に奇跡《きせき》だと思う。

……彼は、本当に危険だ……。

私は手で顔を覆ったまま、はっきりと思う。

……彼は世界一麗《うるわ》しく、しかも脆《もろ》い。そして見る者を魅了《みりょう》し、幻惑《げんわく》し、狂《くる》わせる。

……王族であることを証明するような眩《まばゆ》い金色のオーラ、人々を魅了する比類ない美しさと、そして、それに似合わない守りたくなるような頼《たよ》りなさ、さらにキスをするだけで熱く蕩《とろ》けて蜜《みつ》を放つほど快楽に弱い身体。

……ああ……おかしくなりそうだ……。

カチャ。

私の思考を、ノブが回る微《かす》かな音が遮《さえぎ》った。

私は両手から顔を上げ、ドアを振《ふ》り向いてしまう。私が貸したパジャマは、チタンのような暗いグレイ。羽織ったガウンも同じ素材だ。

その姿を見て、私はドキリとする。

自分が着ている時にはまったく自覚していなかったが、シルクのパジャマは身体の線をリアルに浮《う》き上がらせ、同じ素材のガウンはそれを隠すことには役立たない。

彼のしなやかな身体のラインが、まるで薄《うす》い幕を被《かぶ》ったかのように滑らかに浮かび上がっている。私のものなので明らかにサイズが大きく、彼の身体はパジャマの中で泳いでいる。V字に切れ込んだ襟元《えりもと》から、彼の滑らかな首筋から胸元までが大きく露《あら》わになっている。

「……あ……」

私の顔を見たイリアが、小さく息を呑《の》む。風呂《ふろ》のせいで上気していた頰《ほお》がさらに赤くなる。

「……お騒がせしました。SPの二人の携帯《けいたい》に電話をして、今夜は泊《と》まると伝えました」

私が立ち上がると、彼は何かを警戒《けいかい》するようにピクリと肩《かた》を震《ふる》わせる。

……今の私は、そんなに獰猛《どうもう》そうな顔をしているだろうか？　それとも、私を煽《あお》ってしまったことを少しは自覚したのか？

「座ってくれ。……ミネラルウォーターでいい？　それともカクテル？」

私が言うと、彼は慌《あわ》てたように言う。

「ミネラルウォーターをお願いします」

「ガッサータ？　それともノン・ガッサータ、どちらがいい？」

「ガッサー……すみません、どういう意味ですか？」

彼が不思議そうに聞き返してくる。私の国であるルーデンドルフは生活環境《かんきょう》がイタリアに近く、彼の国はロシアに近いといわれている。そのせいか、それとも王や王妃《おうひ》が好まないのか、食事の時に炭酸入りの水を飲む習慣があまりないのかもしれない。

「炭酸が入っているか、入っていないか。入っているものはガッサータ、入っていないものはノン・ガッサータと呼ばれている」

「初めて聞きました。面白いです」

彼は目をキラキラさせながら私を見て、

「それなら、炭酸ガスが入っている方で」

「わかった」

私はリビングの隅《すみ》にしつらえられたバーカウンターに入り、まず冷凍庫《れいとう》から手のひらに収まるくらいの直方体の氷の塊《かたまり》を取り出す。それを手のひらに載《の》せ、引き出しから出したアイスピックで手早く丸く削《けず》っていく。彼は驚《おどろ》いたように私の手元を見つめながら、

「それは……何をしているんですか？」

「氷を丸くすると、溶けにくくなるんだ。これでオンザロックを作る」

出来上がった丸い氷をざっと水で流し、バカラのオールドロックグラスに落とし込む。カラン、という涼《すず》しい音が部屋の中に響《ひび》く。そこに年代物のモルトウイスキーを注ぎ、冷蔵庫から出した彼のための炭酸ガス入りのミネラルウォーターと一緒《いっしょ》にソファに運ぶ。

「どうぞ」

ミネラルウォーターの瓶《びん》を差し出すと、彼は微かに頬を染めて手を差し出す。

「ありがとうございます、炭酸ガス入りの水は初めてなので楽しみで……あっ」

タイミングが合わなかったのか、ミネラルウォーターの瓶が彼の手をすり抜《ぬ》けて絨毯《じゅうたん》の上にゴトリと音を立てて落ちる。彼は慌てて手を伸《の》ばし、瓶が倒れないうちに持ち上げる。

「す、すみません。なんだか身体《からだ》に力が入らなくて」

彼は言い、キャップをひねろうとする。

「少し待ちなさい、今開けると……」

私は言うが、彼はそのままキャップをひねって開けてしまい……。

ブシュッと音を立てて、炭酸入りのミネラルウォーターが噴《ふ》き出す。それは彼の顔を直撃《ちょくげき》し、髪《かみ》を濡《ぬ》らして……。

「……うわ……！」

目を閉《と》じた彼の顔を、泡立《あわだ》つ液体がびっしょりと濡らす。私は彼の手から瓶を取り上げてローテーブルに置き、彼が持っていたハンドタオルで顔と髪を拭《ふ》いてやる。

「……あ……」

彼は目を閉じたまま、従順に顔を仰向ける。濡れた長い睫《まつげ》毛や、少し開いた淡いピンク色の唇《くちびる》がやけに色っぽくて、私はキスをこらえるのに必死になる。

「失礼しました。僕、本当に何から何まで駄目《だめ》な人間ですね」

彼が、しょげた口調で言う。絨毯を見ているところを見ると、濡れていないかを確かめているのだろう。

「飲み方を知らなかったんだろう？　それなら仕方がない。……炭酸ガスの含有《がんゆう》率が高いのでボトルを少しでも振ると炭酸が噴き出す。次は注意して」

私は泡立ちが収まったミネラルウォーターの瓶の蓋《ふた》を開け、彼にボトルを差し出す。

「どうぞ」

「すみません」

彼はまだしょんぼりした顔でボトルを受け取り、それを恐《おそ》る恐る飲む。

「うわ、パチパチする。でもすごく美味《おい》しいです」

嬉《うれ》しそうに言う。

「もう落ち着いた？」

彼の向かい側に座りながら聞くと、彼はふいに泣きそうな顔になって小さく頷《うなず》く。

「はい。なんだか本当にすみませんでした」

そう言って、ペコリと頭を下げる。彼が、さっきまでのことを忘れてほしいと思っているのが伝わってきて、私はなぜか苛立《いらだ》ちを覚える。

「それは、何に対しての言葉？」

わざと聞いてやると、彼は困った顔になり、それから、

「……せっかくキスを教えてくださったのに、不慣れなせいで恥《は》ずかしいことになってしまったこと、それにお風呂で滑《すべ》ってみっともない姿を見せたこと、さらにせっかく出してくださったミネラルウォーターを零《こぼ》しちゃったこと……三つに対しての言葉です」

「キスだけでイッてしまったことが、まだ恥ずかしい？」

私は、わざとあからさまな言葉を使ってやる。彼が、びくりと肩を震わせたのが解《わか》る。

「……はい……」

「イリア」

私は、彼の顔を真っ直《す》ぐに見つめてやる。

「キスだけでイッてしまったことに対して、恥ずかしがることはないと思う。だが……」

彼はとても緊張《きんちょう》した顔で私を見つめている。私の唇から、勝手に言葉が漏《も》れる。

「少しだけ、達するのが早いのではないかと思う」

「……あ……」

彼は真っ赤になり、私から目をそらす。

「そうですか……情けないです……でも、あまりにも刺激《しげき》が強すぎて、どうやって我慢《がまん》をすればいいのかわからなくて……」

「それは慣れの問題だろうな」

私が言うと、彼は驚いたように目を見開く。

「何度かすれば、慣れますか？」

「だと思うよ」

「そうなんですか、よかった」

見つめてくる彼の目があまりにも澄《す》んでいて、私は少し後ろめたくなる。

「あの……」

彼は煌《きら》めく瞳《ひとみ》で私を見つめたままで言う。

「大人のキスってすごいんですね。……いつか、僕にもできるでしょうか？」

彼の無邪気《むじゃき》な言葉が、私の獰猛な気持ちを揺《ゆ》り起こす。

「おいで。実践あるのみだよ」

言って、ソファの座面、自分の隣《となり》をそっと叩《たた》く。彼は微かに頬を赤くしながらボトルをローテーブルに置き、立ち上がる。恥ずかしそうに目を伏《ふ》せたままでテーブルを回り込んで歩き、私から三十センチも離《はな》れた場所にそっと座る。

「そこでは遠すぎる。もう少し近くに」

私が言うと、彼は頬《ほお》を赤くしながら十センチほどだけ近づいてくる。

「それは……またキスをされたら困るという意味？」

私が言うと、彼は驚いたように目を見開いて、

「ち、違《ちが》います。そうじゃなくて……あ……っ！」

私は彼の身体をさらいこんでソファの上に仰向《あおむ》けに押《お》し倒《たお》す。

「……あ……ん……っ！」

驚いたように目を見開いたままの彼の唇に、深く唇を重ねる。

「……ん……」

不思議な苛立ちを覚えながら、舌で彼の唇をこじ開ける。舌で歯並びを辿《たど》ると、彼が小さく呻《うめ》く。感じてしまったかのように震《ふる》え……次の瞬間《しゅんかん》、ふわりと身体から力を抜く。

「……あ……っ」

開いた上下の歯列の間から舌を滑り込ませ、彼の小さな舌をすくい上げ、愛撫《あいぶ》する意味で舐《な》め上げ、舌を絡《から》める。

「……ん……ん……」

彼は苦しさと甘さが混ざったような声で呻き……しかし嫌《いや》がってはいない証拠《しょうこ》に私のシャツ

をキュッと摑《つか》んでくる。

甘く可愛《かわい》らしい舌をたっぷりと味わい尽《つ》くしてから、私はゆっくりと顔を上げる。彼は長い睫毛を閉じ、力なくソファに横たわっている。キスの余韻《よいん》に震える唇がしどけなく開いて、ピンク色の舌が覗《のぞ》いてしまっている。

私は彼の身体に視線を滑らせ、彼の屹立《きつりつ》がしっかりと勃起《ぼっき》しているのを確かめる。ガウンの合わせ目が開いて彼の脚《あし》の間の部分が見えているが……パジャマの布地は濡れてはいない。

「ほら、二度目はイかずに我慢できただろう？……よくできたな」

私は言って、開いたままの彼の唇にそっとキスをする。舌を滑り込ませて力ない舌をそっと愛撫し、口を離す。

「……あ……」

彼が身体を震わせ、それからゆっくりと瞼《まぶた》を開く。

「……すごかった……でも、イかずに我慢できました……」

「もっとレッスンを続ければ、もっと大人になれる。……どうしたい？」

私が聞くと、彼は恥ずかしげに頰を染め、迷うように視線をさまよわせる。しかし覚悟《かくご》を決めたように私を見上げてくる。

「もし可能なら……もっとレッスンをして欲しいです」

……ああ、本当になんて子だろう……？

……本当は、帰したくない。

◆

私は思うが、このまま彼をずっと引き止めておくことは不可能だろう。

次の朝。私は彼を起こし、家族用のダイニングで彼に朝食を食べさせていた。SPの二人はイリアのことが本当に心配だったようだが、彼らには私のSPと一緒《いっしょ》に別の部屋で朝食を摂《と》るようにイリアから命じさせた。食事のサーブが終わってすぐに家令やシェフも部屋から退出させたので、ここにはイリアと私だけだ。

「本当にありがとうございました。レッスンをしていただいたうえに、こんなに豪華《ごうか》な朝食まで。とても美味しかったです」

彼が平然としていることに、私の心が微《かす》かに疼《うず》く。

……彼は、昨夜のことを単なるレッスンとしか思っていない。

「それに……なんだかいろいろとご迷惑《めいわく》をおかけしてしまって……」

彼は恥ずかしそうに瞬《まばた》きを速くしながら言う。昨夜のことを思い出して、不思議なほどに切なくなるが……彼はきっとただの恥ずかしい思い出としか思っていないのだろう。

「恥ずかしがる必要はない。君が嫌なら、昨夜のことはすべて忘れてあげよう」

「ありがとうございます。あなたはとても優《やさ》しい方《かた》ですね」

彼があからさまにホッとした顔をしたことに、私は不思議なほどの怒《いか》りを覚える。

「次のキスのレッスンはいつにする？　このままでは、キスすらまともにできないままでお互《たが》いの休暇《きゅうか》が終わってしまいそうだ。国に帰ったら結婚《けっこん》相手を探さなくてはいけないのでは？」

私の言葉に、彼はギクリと肩《かた》を震わせる。私は少し残酷《ざんこく》な気持ちになりながら、

「君はまだほんの子供だ。そんなことでは、百戦錬磨《ひゃくせんれんま》のお嬢《じょう》さん方に対抗《たいこう》できないよ」

私の言葉に、彼はとても困った顔になる。

「そう……ですね、きっと……」

「君へのレッスンはいい気晴らしになる。本当にやる気があるようなら、このまま続けてあげてもいいよ？」

「……本当ですか？　お願いします！　どんなレッスンでも頑張《がんば》りますから！」

彼は必死の様子で言って頭を下げる。

「わかった。それなら明日は別のところでレッスンをしよう。君のホテルまで迎《むか》えに行く」

彼が深く頷《うなず》いたのを見て、微かな罪悪感が湧《わ》き上がる。

……こんな純情な子に、私はいったい何をしようとしているのだろう？

「これがあなたのクルーザーですか」

栈橋《さんばし》に立った僕は、そこに繋《つな》がれた大型のクルーザーを見て呆然《ぼうぜん》とする。

別荘から帰った次の日。ラインハルトは僕のホテルまで迎えに来てくれた。SPの二人はセダンに乗り込み、僕はラインハルトと一緒にリムジンに乗り込んだ。そして僕らは、澄み切った大西洋に面したマリーナに到着《とうちゃく》した。

マストを持つ帆船《はんせん》から、とても豪華なクルーザーまでが並ぶマリーナの一番奥に、彼のクルーザーは停泊《ていはく》していた。

学生時代からお金持ちの家の子息が多かったから、「クルーザーを持っている」という話はよく聞いていた。だけど山奥にあるサンクト・ヴァレンスクでは、船に乗る機会じたいがなく、こんなに近くでクルーザーを見ること自体が初めてだった。

「なんて美しい船なんでしょう?」

そのクルーザーは、個人所有と思えないほどの大きさがあった。純白の船体に鮮《あざ》やかなブルーのラインが入ったとても美しいデザインだ。

ラインハルトは愛《いと》おしげな目でクルーザーを見上げ、その船体にそっと指を触《ふ》れさせる。

「とても気に入っている船だが、忙《いそが》しくてほとんど乗ってやることができない。本当なら毎週でも乗りたいのだが」

彼の声がやけに優しく聞こえて、なぜか胸がチクリと甘く痛む。

……彼に会ってからずっと、僕はどこかおかしい。

彼の横顔に見とれてしまいながら、呆然と思う。

……この気持ちは、いったいなんなんだろう？

「乗船の準備ができました」

栈橋に降りてきたクルーが、ラインハルトに話しかける。

「おいで」

ラインハルトは僕の肩を抱《だ》くようにして小型のタラップを上る。振《ふ》り返ると、ワシリーとイーゴリが黙《だま》って後ろをついてくるところだった。

「ごめんね、なんだか付き合わせてしまったみたいで」

「いいえ、これが私達の仕事ですから」

ワシリーが言い、イーゴリがうなずく。二人はラインハルトを少し警戒《けいかい》しているみたいで、彼のいるところではめったに笑ったりしない。

……もしかして、僕がいろいろな場所に行くと警護が難しくなって迷惑なんだろうか？　だからラインハルトの前ではちょっと無愛想《ぶあいそう》なのかな？

僕はちょっと落ち込んでしまいながら思う。

……パーティーならまだしも、クルーザーにまで乗せてしまうのは、やっぱり迷惑だよね。両親や兄の手伝いで海外に行くと、僕はほとんどホテルから出ない。用事を済ませた後は部屋で仕事をしているし、食事はほとんどルームサービスかホテル内のレストラン。それに比べたら、今回の旅行はとても警護が大変だろう。

……急ぎの用事はないけれど、やるべき仕事はいくらでもある。そこでおとなしく仕事をするのがきっと正しいんだろうって心の奥では解《わか》ってる。でも……。

肩を抱いてくれているのは、とてもあたたかい大きな手。フワリと鼻腔《びこう》をくすぐるのは、彼の芳《かぐわ》しいコロンの香《かお》り。

……彼に誘《さそ》われたら、どうしても嫌《いや》とはいえない……。

僕は、鼓動《こどう》が速くなるのを感じながら思う。

もともと僕は押しに強い方ではないけれど、仕事をしていく上では譲《ゆず》れないこともたくさんある。そんな時、すべてにイエスを言っていては失敗してしまう。だからダメなときはダメってきちんといえる人間だと思っていたんだけど……。

……彼に会ってから、僕はどんどんおかしくなっているみたいだ……っ。

「日差しが強いな」

タラップを上り終わり、甲板《かんぱん》に立った彼が言って空を見上げる。雲ひとつない空は、澄《す》み切ったブルー。照りつける太陽の日差しの強さは、サンクト・ヴァレンスクのそれとは比べ物にならない。

「でも、とても美しいです」

甲板に立った僕は、見渡《みわた》す限《かぎ》りに広がる空と海を見つめながら言う。

「サンクト・ヴァレンスクには海がないので、こんなにゆっくり海を見たのは初めてかもしれません。本当に綺麗《きれい》です」

「喜んでもらえてよかった。だが……」

彼が可笑《おか》しそうに微笑《ほほえ》みながら言う。

「まだ出航もしていない。見とれるのは、もっと沖《おき》に出てからでも遅《おそ》くはないだろう」

彼の白い歯が陽光にキラリと煌《きら》めく。彼は本当に爽《さわ》やかで、ハンサムで……鼓動がますます速くなってしまう。

……ああ、本当に、どうしたんだろう、僕……？

ラインハルト・フォン・ルーデンベルク

「なんて素敵《すてき》なんでしょう？」

海を見渡しながら、イリアが陶然《とうぜん》とした声で言う。

「見渡す限り、海があるなんて」

にっこりと微笑む顔がとても眩《まばゆ》くて……私は思わず見とれてしまう。

イリアは王族なので、使用人やSPが物心ついた頃《ころ》から近くにいるというのが普通《ふつう》だろう。しかし、彼らをごく普通に使うことには慣れていないようだ。よく見ていると、彼は常に私の使用人や自分のSPのことを気にしている。普通のセレブリティーなら彼らを空気のように無視するのが普通だが、彼はことあるごとに声をかけ、彼らに迷惑《めいわく》がかからないようにと常に気にしてやっている。

……彼がとても優しい子であることはよく解った。

私は、イリアがSPの食事のことを気にしている様子を見ながら言う。普段《ふだん》、SP達は外では食事を摂《と》らない。警護の途中《とちゅう》でトイレに行きたくなったら仕事にならないからだ。だがクルーザーや屋敷《やしき》の中など、外からの敵が侵入《しんにゅう》できないところでは、時間を決めて食事と休憩《きゅうけい》を取るようにさせている。だから心配する必要はないのだが……彼はしきりに自分だけが食事をすることを気にしている。

……だが、数え切れないほどいる使用人の全員にあんなに気を遣《つか》っていたら、疲《つか》れて仕方ないだろうに。

「ランドルフ、クーパー」

私は、甲板でさりげなく給仕に手を貸している自分のＳＰ達に話しかけている。

「休憩にしてかまわない。イリアのＳＰの二人と一緒《いっしょ》にランチを摂るようにしてくれ。シェフが厨房《ちゅうぼう》に用意してくれているはずだ」

ランドルフとクーパーはうなずき、イリアのＳＰ二人の方に目をやるが……。

「私の主人はイリア様です。主人の命令なしでは……」

ワシリーと呼ばれている方のＳＰが鹿爪《しかつめ》らしい顔で言い、イリアが慌《あわ》てて、

「ごめんね。二人とも食事にしていいよ」

その言葉に、二人のＳＰは一瞬《いっしゅん》視線を交《か》わす。それから揃《そろ》って恭《うやうや》しく礼をして、

「わかりました。なにかありましたらすぐに通信機にご連絡《れんらく》を」

イーゴリの言葉に、イリアは真面目《まじめ》な顔でうなずいている。

「うん。何かあったらすぐに連絡する。だからゆっくり休んでいて」

彼の二人のSPは私にもきっちりと礼をし、私のSPについて船内に入っていく。私を見た二人の視線が微《かす》かな警戒を浮《う》かべていたことに、私は気づいていた。

……二人の様子からは、イリアを心から守りたいと思っていることが伝わってくる。しかも彼らは私がルーデンドルフの王族だということをきっと知らないに違《ちが》いない。ただの遊び人だと思っているのだとしたら、警戒をするのはごく自然なこと。いや、国交のない国の王族だと知られたらもっと警戒されるかもしれないが。

私は急に安心した様子になってシェフと話しているイリアを見ながら思う。

……まあ、私が警戒されるようなことをしているのは、本当のことだが。

彼を見ていると私のどこかがおかしくなってしまう。いけないという心の声を無視して、彼に淫《みだ》らなことをせずにはいられない。

「本格的に作られたコンソメスープって、本当に美味《おい》しいです」

イリアが私の気も知らず、無邪気《むじゃき》な声で言う。

「あと、あの……」

彼が微かに頬《ほお》を染めながら、瞬《まばた》きを速くする。

「ワシリーとイーゴリに休憩を取らせてくださってありがとうございます。二人ともすごく真面目で、なかなか休憩を取ってくれないんです。おなかがすいてしまったら大変なのでいつも心配なんです」

とてもホッとしたように言われて、胸がズキリと疼《うず》く。

……こんなに優《やさ》しくて純情な子に、私はとてもひどいことをしている。

そう思うが……胸の奥から湧《わ》き上がる不思議な気持ちをどうしても抑《おさ》えきれない。

……本当は、二人きりになって、もっともっとひどいことをしてしまいたい……。

私は心から思い……そして、私にとってはとても甘美なある計画を思いつく。

……ああ、私はどんどん深みにはまっていくようだ……。

◆

シェフが用意してくれた晩餐《ばんさん》は、南フランスの豊かな食材をたっぷりと使ったものばかりだった。トリュフを使ったホワイトソースをかけたアスパラ、南フランス産の牛肉と骨、野菜類を丁寧《ていねい》に煮込《に》んで作った極上のコンソメスープ、肉料理には鴨《かも》のグリエに濃厚《のうこう》なオレンジのソースを添《そ》えたもの、そして魚料理にはたっぷりの生野菜と手長海老《えび》をボイルしたシンプルな一皿、そしてデザートにはたっぷりのベリーにシェフ特製のアイスクリームを添えたものだ。

「とても美味しかったです。こんなに素敵な晩餐を船の上で用意してくれるなんて、本当に素《す》晴《ば》らしいシェフですね」

ベリーのデザートを食べ終えた彼は、アールグレイを飲みながら言う。

「それはよかった」

私はエスプレッソのカップを傾《かたむ》けながら、

「これからのレッスンのことなのだが……」

私が言うと、彼は紅茶のカップを置いて真面目な顔で姿勢を正す。

「はい」

「明日も、ちゃんとレッスンを受ける覚悟《かくご》がある？」

「はい、ぜひ」

彼は真面目な顔でうなずく。

……彼は、基本的にとても真面目で向上心の強い子なのだろう。さらに行動力もあり……しかし、彼はあまりにも無垢《むく》で騙《だま》されやすい。見ている方がハラハラする。

「それなら明日、私が所有する島に行こう。その代わり、二人きりだ」

私の言葉に、彼は目を丸くする。

「二人きり？　今日も二人きりですよね？」

常に使用人と暮らしている彼にとっては、ゲストの数だけをカウントするのが普通なのだろう。王族である彼の常識は、一般《いっぱん》人にはまったく通用しなそうだ。

「二人きりというのは、文字通り二人きりという意味。この船には今、クルーやSPを含《ふく》めれば三十人近い人間が乗り込んでいる」

「……ということは……」

彼が、愕然《がくぜん》とした顔で言う。

「SPの二人を置き去りにして、二人きりで遊びに行こうという意味ですか？　そんなことが可能なのでしょうか？」

「朝食後、SPには『風邪《かぜ》を引いた』と言って部屋にこもるんだ。私からの電話があったら、部屋の鍵《かぎ》だけを持って手ぶらでロビーに下りてきなさい。ホテルの中を散歩しているだけのような顔でね。できる？」

私の言葉に、彼は驚《おどろ》いたように目を見開き……それから小さくうなずく。

「きっと、できると思います」

『ロビーにいる。一人で下りてこられる？』

電話の向こうから聞こえた声に、僕はさらに鼓動《こどう》が速くなるのを感じる。

「わかりました。やってみます」

僕は電話を切り、部屋のカードキーと携帯《けいたい》電話だけをヨットパーカーのポケットに入れて部屋を出る。忠実なSPである二人は、たまに廊下《ろうか》に出て待機していたりする。だけど、今朝、風邪を引いたみたいだから部屋から出ないと言ったせいで、廊下には誰《だれ》もいない。

ずっと昔からお世話になっているSP達を騙すことには、たしかに罪悪感を覚える。だけど……初めて一人で行動することにとんでもなく興奮している自分に気づく。

……ああ、大人へのステップっていう感じだ。

僕が宿泊《しゅくはく》しているフロアはVIP用のエグゼクティブフロアで、大きな部屋は三つしかない。そのうちの一つと、使用人用の小さな部屋を僕とSP達が使っている。エレベーターとの境目には分厚いガラス戸があり、その前にフロア専用のコンシェルジェのカウンターがある。

「おはようございます、ヴァレンスキー様。おでかけでございますか？」

カウンターにいた白髪《しらが》のコンシェルジェが、にこやかに言う。僕は必死で平静を装いながら言う。

「いいえ、ええと……とても素敵《すてき》なカフェがあったから、そこに行こうかと思って。カフェは一階でしたっけ？」

僕の言葉に、コンシェルジェはさらに笑《え》みを深くする。

「カフェは三階にございます。名物はレモンパイです。とても美味しゅうございますよ」

「どうもありがとう」

僕は言ってカウンターの前を通り過ぎるけれど……コンシェルジェがついてきたことに驚いてしまう。

「……ええと……？」

焦《あせ》りながら見上げると、彼は微笑《ほほえ》みながらエレベーターのボタンを押してくれる。

「どうぞ、ごゆっくりお茶の時間をお楽しみください」

エレベーターが到着《とうちゃく》し、乗り込む。彼は礼儀《れいぎ》正しく礼をして、僕を見送ってくれた。扉《とびら》が閉まると、僕はホッとして座り込みそうになる。

……ああ、ドキドキした……。

エレベーターがロビー階に到着し、僕は緊張《きんちょう》しながら歩を踏《ふ》み出す。僕のSP達は本当に優《ゆう》秀《しゅう》で、僕は今まで彼らを振《ふ》り切れたことが一度もない。だから、今朝もＳＰに待ち伏《ぶ》せされていそうな気がしてしまったんだけど……。

「イリア」

低い声が聞こえ、僕は慌《あわ》ててそっちを振り返る。ラインハルト・ヴェルナーが立っていた。逞《たくま》しい身体《からだ》を包むのは、白い綿シャツと麻《あさ》のスラックス。ラフな服装が無造作に伸《の》ばした髪《かみ》に似合って、本当に素敵だ。

「迎《むか》えに来た。行こう」

彼に手を差《さ》し伸べられて、さらに鼓動が速くなる。

……ああ、生まれて初めて、僕は誰かと二人きりで一日を過ごすんだ……。

◆

「この船の操船は私がする。ほかの乗組員は誰も乗らないよ」

彼の言葉に、僕は驚いてしまう。

「使用人だけじゃなくて、船長もいないんですか？　船の操縦もできるなんてすごいですね」

「ああ。……だが、反応して欲しかったのはその部分ではないんだが」

彼がやけに真面目《まじめ》な声で言って、僕を見下ろしてくる。

「え？」

僕は彼を見上げながら、彼の言った言葉を頭の中で反芻《はんすう》する。

「……ほかの乗組員は乗らない……のところですか？」

「そう。海の上で、たった二人きりだ」

彼の言葉に、トクンと心臓が跳《は》ね上がる。

「それは……」

「怖《こわ》い？」

見つめられて、鼓動がどんどん速くなる。

……僕は怖がっているんだろうか？　それとも……。

鼓動が速いだけじゃなくて、身体の奥に不思議な熱が湧《わ》き上がる。

……もしかして、彼と二人きりになることが嬉《うれ》しいんだろうか？

「怖いのなら、今すぐにSPの待っているホテルに帰してあげてもいい」

「……あ……」

普通《ふつう》なら、ほとんど初対面の彼と二人きりになるのは、きっと気詰《きづ》まりなはず。恋人《こいびと》ならまだしも、男二人でクルーズに出るのも不自然だ。それに……。

とても熱くて、理性が吹《ふ》き飛んでしまうような彼のキス。それを思い出すだけで、身体のどこかがおかしくなりそうになる。

……もしもまたキスをされたら、またとんでもないことになってしまうかもしれない……。

僕は身体の熱さを自覚しながら呆然《ぼうぜん》と思う。

……レッスンをしてくれると言った親切な彼に、これ以上迷惑《めいわく》をかけるのは申し訳ない。彼だってきっと、僕のあんな状態に驚いただろうし。でも……。

僕は彼の瞳《ひとみ》を見つめ返しながら、とても強い気持ちで思う。

……どうしよう？　帰りたくない……。

心の奥から、不思議な気持ちが湧き上がってくる。

……彼と、一秒でも長く一緒《いっしょ》にいたい……。

思ってしまってから、自分で驚いてしまう。

「君の気持ちを言いなさい。もしも帰りたければ今すぐに帰す。もしも言えないのなら……」

彼が真っ直《す》ぐに僕の目を覗《のぞ》き込む。彼の瞳の奥に不思議な強い光があることに気づいて、鼓動がますます速くなる。

「このまま、海の上にさらっていくよ」

彼の美声が、ふいにセクシーに低くなる。僕の身体がさらに熱くなり、このまま蕩《とろ》けてしまいそう。

「海に……」

僕の唇《くちびる》から、蚊《か》の鳴くような囁《ささや》きが漏《も》れた。

「……海に行きたい……あ……っ」

言葉が終わらないうちに、彼の腕《うで》が僕を引き寄せる。前のめりになった僕の身体が、彼の逞しい胸に深く抱《だ》き込まれる。

「いい子だ」

彼の逞しい腕が、僕の身体をしっかりと抱《だ》き締《し》める。

「恥《は》ずかしがったりせずに、自分のしたいことをきちんと主張する。大人としてとても大切なことだよ」

耳元で囁かれ、産毛《うぶげ》が揺《ゆ》れるくすぐったさに、身体がびくりと震《ふる》えてしまう。

「……そう……なんですか……？」

「もっとして欲しいことがあったら、言いなさい。私は君にすべてを教えると約束した。どんなことでも教えてあげるよ」

彼が囁き、ふいに僕の身体を放す。

「それなら乗船しよう。君の不在に気づいたSPが、後を追ってきてしまったら大変だ」

陽光の下の彼は、さっきまでのセクシーさが幻《まぼろし》だったかのように爽《さわ》やかに見える。僕はまだ呆然としたままうなずく。

「すごい、なんだか何もかもに、ドキドキします」

甲板《かんぱん》に立った彼が、私を振り返って言う。茶色の髪が風になびき、澄《す》んだ紅茶色の瞳が陽光を反射してキラキラと輝《かがや》く。一点の曇《くも》りもない笑顔《えがお》を浮《う》かべた彼は、胸が痛くなるほど美しかった。

今日の彼は、浮き立つ気持ちを表すようなラフな服装だ。胸に金色のエンブレムのついた純白のヨットパーカーに、ネイビーブルーのハーフパンツ、白いデッキシューズ。ハーフパンツの裾《すそ》から伸びたしなやかな脚《あし》と華奢《きゃしゃ》な足首がとても美しい。

私はロビーに下りてきた彼をそのままさらってリムジンに乗せ、昨日よりも一回り小型のクルーザーで海に出た。昨日はたくさんの使用人やSPがいたけれど、今日は私が操縦をしているので、本当に二人きりだ。

「人生には、なんて素敵なことがあるんでしょう」

彼は笑みを浮かべたまま、とても嬉しそうに言う。

彼の言葉に、私の胸がズキリと疼《うず》く。

王族に生まれた私は、その生活がどんなに厳しいものかをよく知っている。生まれた時から帝王学《ていおう》を叩《たた》き込まれ、学校に通っている時も少しの隙《すき》を見せることも許されなかった。成績は常にトップであることが当然だったし、それだけでなくすべての面において完璧《かんぺき》でリーダーシップを執ることが義務づけられていた。私が通っていたスイスの寄宿学校にはルーデンドルフからの留学生も多く、彼らの前でみっともないところを見せることは絶対に許されなかった。私は常に戦い、しかし立ち止まることを許されなかった。

王族というのは民衆を守り、時には彼らを守るために戦う立場にある。私は物心ついたときから『高貴なものの義務』というものを繰《く》り返し教え込まれたが、父の執務《しつむ》を陰《かげ》ながら支え、社会勉強のために一族を率いる実業家となった時から、その重みをリアルに感じてきた。

ルーデンドルフは、父の方針もあって生活においては自由な部分も多い。私のプライベートの顔が厳重に隠《かく》され、普段《ふだん》はただの男として生きられることもその一つだ。しかし……。

イリアの顔は海外ではそれほど知られてはいないが、国民のほぼすべてが知っているはず。彼の麗《うるわ》しさは敬愛の対象であり、人々の憧《あこが》れ。彼の写真はことあるごとに隠し撮《ど》りされ、憧れを込めて地方の新聞に載《の》せられたりしている。

私は諜報《ちょうほう》部員を使って彼の近況《きんきょう》を知っていたが……ごく普通の国民も、彼がどんなふうに暮らしているかをよく知っているだろう。そしてそんなことをされているにもかかわらず、彼には隠すべき醜聞《しゅうぶん》など一つもない。彼は麗しく、正しく、優《やさ》しい……本物の王子様だ。

私は彼の生活に関する報告を聞いてから、心の中で本気で感服していた。そしてこの王子様は自分を押し殺しすぎていつか儚《はかな》く消えてしまうのではないか……そんな印象まで持った。

……その彼が、今は私のためだけにこんなふうに微笑《ほほえ》んでいる……。

私は彼に笑い返しながら言う。

「この周辺には野生のイルカも多い。ラッキーなら見ることができるよ。見逃《みのが》さないで」

「本当ですか？　すごい！」

前部甲板から船を操縦する私を振《ふ》り返っていた彼は、海の方に向き直る。

「僕、生きている魚を見たことがないんです。あ、もちろん、テレビやＤＶＤでなら見たことがありますが」

彼のその言葉に、私はとても驚《おどろ》いてしまう。

「水族館に行ったことは？　小さい頃《ころ》に水槽《すいそう》で魚を飼ったりしただろう？」

「いいえ」

彼は海を見つめながら言う。

「一度、水族館の近くまで行ったのですが、入り口のところで知らない男性に声をかけられて……それ以来、行くことを許されなくなりました。小さい頃、熱帯魚を飼うことに憧れたのですが、身体《からだ》が弱くて……湿気《しっけ》は身体によくないからって侍医《じい》に反対されました。僕が生まれる前は庭に大きな噴水《ふんすい》と池があったらしいんですが、僕のためにそれもすべて埋《う》められました。庭の池に魚や小さな虫や鳥達がいるなんて……すごく素敵《すてき》だったと思うんですが」

彼は、少しだけ寂《さび》しそうな口調で言う。しかしそれが、庶民《しょみん》の生活とはかけ離《はな》れていることには自分で気づいていないだろう。

「大人になって一人で行動するようになったら、今度はSPの二人に悪くて、人の多い場所は避《さ》けるようになりました。僕に何かあったら、彼らが罰《ばつ》を受けてしまいま……あっ！」

彼はいきなり大声を出してから、慌《あわ》てて左手で口を押さえる。右手で海を指差して、

「……何かがいました！　今、何かが……あっ！」

彼の指差した方を見ると、そこには……。

「イルカの群れだ。君はとてもラッキーだな」

私の言葉に彼は目を丸くし、それから楽しそうに笑う。

「そんなことを言われたのも初めてです。でもイルカを見られるなんて……」

イルカはまだとても遠く、しかも餌《えさ》を食べ終えて満腹なのか跳《は》ねることもせずに静かに泳いでいるだけ。灰色の背びれがたまに見え隠れするだけだ。

「遠いな。もっと近づいてみよう。もしも嫌《いや》なら逃《に》げるだろうし、興味を持てばこっちに来てくれるだろう」

「イルカがですか？」

彼はとても驚いた顔をし、それから両手を胸に当ててホッと深いため息をつく。

「映画で見たことがあります。イルカが船の周りを泳ぐところ。でも……まさか自分の目でそんな光景を見られるなんて……」

うっとりとした口調に、私の胸が熱くなる。

「彼らが、この船を気に入ってくれることを祈《いの》ろう。……おいで、速度を上げるよ」

私は言って手を伸《の》ばし、近づいてきた彼の肩《かた》を片手で抱《だ》き寄せる。そしてイルカを驚かせない程度まで船の速度を上げる。

「ああ、逃げないですね。こっちへ来るといいのに」

彼はイルカに目を奪《うば》われながら頬《ほお》を染めて言う。とっさに抱き寄せてしまったが……薄手《うすで》のパーカーに包まれた彼の肩の感触《かんしょく》に、ドキリとする。レモンにハチミツを混ぜたような彼の香《かお》りが、潮の香りに混ざって鼻腔《びこう》をくすぐり、私の鼓動《こどう》をどんどん速くする。

イルカの群れは見慣れないボートに興味を持ったらしく、くるりと身を翻《ひるがえ》してこちらに向かってくる。

「……近づいてきます……！」

彼が興奮したように言う。

船の速度をさらに緩《ゆる》めると、彼らは二手に分かれて船の脇《わき》をするりと通り過ぎる。そのまま速い速度で後方に遠ざかる。

「あ……行っちゃいました……」

彼は残念そうに言い、しかし次の瞬間《しゅんかん》……。

「うわ、戻《もど》ってきました！　併走《へいそう》してくれてます！」

とても嬉《うれ》しそうに叫《さけ》ぶ。

「わあ、すごいです！　夢みたい！」

イルカ達は彼のことが気に入ったのか、その声にこたえるよう賑《にぎ》やかに鳴き、そのましばらく船に併走し続けてくれた。

彼は本当に嬉しそうにはしゃぎ、私は初めて見る彼の少年のように開けっぴろげな表情に胸を熱くし、イルカ達に感謝した。

「こういうの、本当に憧れていたんです……」

イルカが行ってしまった後、イリアはうっとりと海を見つめながら言う。

「でも、なかなか叶《かな》わなくて……」

彼の口調に微《かす》かな寂しさがあるような気がして、私はドキリとする。

諜報部の調査によれば、王の次男であるイリア・サンクト・ヴァレンスクは、ほとんど国を出たことがなかった。長男であるレオン・サンクト・ヴァレンスクは国外で事業を展開して世界中を駆《か》け巡《めぐ》っているのに対して、ずいぶん引っ込み思案な王子だと思ったのを覚えている。

「普段、あまり海外旅行はしないのか？　仕事が忙《いそが》しい？」

私が聞くと、彼は微笑んだままうなずく。

「そうですね。父の仕事を手伝っているのでなかなか休めません。今回はアンリが呼んでくれたので特別に休みをもらいましたが。その仕事の関係でたまに海外に行きますが、観光している余裕《よゆう》はないというか……」

彼は思い出すように小さく笑って、

「用事を済ませたら、いつもすぐ国に戻ってしまいます。ＳＰは連れていたとしても基本的には一人なので、どこに行けばいいのかもわからないですし」

サンクト・ヴァレンスク王室がプライバシーの保護に力を入れているせいで、海外では彼の顔はごく一部の人々にしか知られていない。国内では行動に制約がある分、海外ではもっと羽根を伸ばしてもいいだろうに……。

……彼は富豪《ふごう》国の王族というすべての人間がうらやむような境遇《きょうぐう》にいるが……実は、ごく普《ふ》通《つう》の青年が平然と手にしているものを持っていないような気がする。自由な時間、自由な夢、そして自由な恋愛《れんあい》……。

「私が一緒《いっしょ》なら？」

私の唇《くちびる》から、勝手に問いが漏《も》れた。彼が驚いたような顔で振り向く。

「え？」

彼は澄《す》み切った目で私を見つめ、不思議そうに聞き返してくる。

……ああ、私は何を言っているんだろう？

私は思うが……言ってしまった言葉を消し去ることはもうできない。

「ああ、いや……もしも私が一緒なら、君が行きたい場所、どこにでも連れて行ってあげるのにと思ったんだ」

彼は呆然《ぼうぜん》と私を見つめ……それから苦しげな顔で私から目をそらす。

「ありがとうございます。……すみません」

彼の声がつらそうにかすれていて、私の心がズキリと痛む。

「なぜ謝る？　それにどうしてそんな顔をするんだ？」

思わず顔を覗《のぞ》き込むと、彼はさらに私から顔を背《そむ》ける。

「すみません。……あの……」

彼の横顔にキラリと涙《なみだ》が光った気がして、私は驚く。彼の華奢《きゃしゃ》な両肩《りょうかた》を摑《つか》んでこちらを向かせると……彼は顔をくしゃくしゃにして泣いていた。作り物のように美しい顔立ちとその幼子のような表情の対比に、胸がさらに痛む。

「どうして泣くんだ？　私は何か悪いことを言ってしまった？」

「違《ちが》います！」

彼は強い口調で否定し、それから涙をいっぱい溜《た》めた目で私を見上げてくる。

「僕、嬉しかったんです。そんなに優しい声でそんな優しいことを言われたのは初めてで」

長い睫毛《まつげ》が瞬《まばた》いた瞬間、涙の粒《つぶ》が弾《はじ》けて頬を伝う。

「……あ……」

彼は自分が泣いてしまったことに驚いたように声を上げ、照れたように笑う。

「……すみません、どうしたんだろう、僕……？」

慌てて指先で拭《ぬぐ》うが、涙がまだ止まらない。

眩《まばゆ》い南フランスの陽光に、彼の涙がダイヤモンドのように煌《きら》めいて……私はその光景に思わず見とれてしまう。

……彼はなんて美しいんだろう、そして……。

私は、心の中に何か不思議な感情が生まれたことを自覚する。

……なんて愛おしい存在なのだろう……？

イリア・サンクト・ヴァレンスク

……なんで泣いちゃったんだろう、僕？　彼にまたみっともないところを見せるなんて、いけないことなのに……。

僕とラインハルトは、彼が所有する島にいた。海を見渡《みわた》せるゆるやかな丘《おか》の上には白い壁《かべ》を持つ豪奢《ごうしゃ》なコテージがあり、その前には純白の砂浜《すなはま》が広がっている。コテージにはいつもは別《べつ》荘番《そうばん》がいるらしいけれど、どうやら彼が僕が気を遣わなくてもいいようにと休暇《きゅうか》を出してくれたらしい。この島には、本当に僕と彼の二人きりだ。

僕と彼はコテージのデッキで少しだけ休み、飲み物やフルーツを詰《つ》めたクーラーボックスや大型のタオルを持ってビーチに出た。

日陰《ひかげ》に向かう僕の肩《かた》を、彼がしっかりと抱き寄せてくれている。彼の手はとてもあたたかく、力強く、そして見つめてくる瞳《ひとみ》は本当に美しい。

……どうしよう？　胸が熱くて、なんだかおかしい……。

彼は浜辺《はまべ》に突《つ》き出した木の影《かげ》に大判のバスタオルを広げ、そこに僕を座らせた。

「君と出会えたのも、一つの運命だと思うんだ」

隣《となり》に座りながら、彼がふいに言う。

「それに、私はワガママを言われるのに慣れている。要望があったら遠慮《えんりょ》なく言ってくれてかまわない」

……ワガママに慣れている……？

その言葉が、なぜか僕の胸に深く突き刺《さ》さる。

……それって……もしかして恋人《こいびと》のこと……？

思うだけで、心臓が壊《こわ》れそうに痛む。

……そうだ、彼はこんなに麗《うるわ》しい大人の男で、モテないわけがない。だから恋人がいるのはきっと当然で……。

「あの……もしかして僕は、あなたと恋人の時間を奪《うば》ってしまっているでしょうか？」

プライベートに口を挟《はさ》んではいけないだろうと思いつつ、僕はつい言ってしまう。

「こんな美しい場所で休暇を過ごしているのですから、本当はきっとデートの約束がありましたよね？　すみませんでした」

彼が少し驚《おどろ》いたような顔をして僕を見つめ、それから小さく笑う。

「まるで嫉妬《しっと》されているかのように聞こえる」

彼の言葉に、本気でドキリとする。

……嫉妬……？

きっととても不思議なことだろうけど、心に広がる熱い感情に、その言葉はなんだかやけにしっくりくる。

……どうしてだろう？　彼が女性といるところを想像したくない……。

「すみません。プライベートなことを聞いてしまって……」

「謝ることはない」

彼がなんだかやけに優《やさ》しい目で僕を見つめながら言う。

「君に嫉妬されるのは、悪くない。とても不思議だけれど」

まるでキスでもされそうに彼の顔が近くて……僕の鼓動《こどう》がどんどん速くなる。

「一応言っておくが、私には今恋人はいない。だから遠慮なくワガママを言っていい」

……彼には、今、恋人はいない……。

そう思っただけで、心をふさぎそうになっていた暗雲がすうっと晴れていく気がする。

……ああ、どうしてこんなにホッとしてるんだろう、僕は……？

「ワガママに慣れているというのは、そういう恋人がいるからではなく……妹がとてもワガママだったんだ。この間、結婚《けっこん》したので、その役目は結婚相手に引き継《つ》がれたのだが」

彼が可笑《おか》しそうに言う。

「これで嫉妬する理由はなくなった。安心した？」

顔を覗き込まれて、僕は慌《あわ》てて目をそらす。心を乱した彼のことがなんだか憎《にく》らしくて、僕は横を向いたままで言う。

「いいえ、もともと嫉妬なんかしていませんから」

言うと、彼は声を上げて笑って、

「いいな、その顔。気に入った」

彼の手が僕の顔をふいに包み込む。顔を彼の方に向けられ、そのまま……。

「……ん……」

彼の唇《くちびる》が、僕の唇に重なってくる。

「……んん……」

見た目よりも柔《やわ》らかい唇が、僕の唇を何度もついばむ。あたたかく濡《ぬ》れた舌が、ゆっくりと唇の形を辿《たど》る。

「……あ……ん……」

キスをされただけで、背中にゾクリと戦慄《せんりつ》が走る。それは熱い快楽の渦《うず》になって、僕を巻き込み、連れ去ろうとし……。

僕は、キスだけでイッてしまった時のことを思い出し、思わず真っ赤になる。

だって、僕の屹立《きつりつ》は何かを求めるかのようにヒクリと反応してしまって……。

「……ダメです……んん……」

キスから逃《のが》れようとするけれど、そのままバスタオルの上に仰向《あおむ》けに押《お》し倒《たお》されてしまう。

「……んん……！」

お仕置きをするかのように、キスがさらに深くなる。彼の舌が強引《ごういん》に僕の上下の歯列の間に滑《すべ》り込む。

「……あ……っ」

そんなことを許したらダメだって解《わか》っているのに、全身から力が抜《ぬ》けてどうしても逃《に》げることができない。

「……ん……んく……っ」

彼の舌が僕の舌をすくい上げ、愛撫《あいぶ》するかのように舐《な》め上げてくる。二人の舌が絡《から》み合う、チュクッ、チュクッ、という濡れた音が、僕の身体《からだ》をますます熱くする。

……ああ、いけない……。

僕は獰猛《どうもう》なキスを受けながら、なんだか泣きそうになる。

……また、イキそう……。

屹立が、いつの間にかハーフパンツと下着をしっかりと押し上げていた。舌を愛撫されるたび、まるでそこを愛撫されているかのように屹立がヒクヒクと反応する。

……ダメだ。このままじゃ、また……。

屹立の先端《せんたん》のスリットから熱い先走りの蜜《みつ》がトロリと溢《あふ》れ、下着の布地にしみこんでいく。

その淫《みだ》らな感触《かんしょく》が、本当に恥《は》ずかしい。

「……お願いです……」

角度を変えるために彼の唇が一瞬《いっしゅん》離《はな》れた隙《すき》に、僕は彼に懇願《こんがん》する。

「……もう、許して……」

身体中を快感が駆《か》け回って、もうイクことしか考えられなくなりそう。屹立の先端から、さらに大量の先走りが溢れた。

「どうして？」

彼が僕の身体をさらに引き寄せ、耳元で囁《ささや》いてくる、

「……あ……っ」

僕の心がくすぐったさとそれを凌駕《りょうが》する快感を覚えてブルッと震《ふる》える。

「もうイキそうなのか？　まったくこらえしょうのない子だ」

「……う……」

彼の意地悪な言葉に、なんだかまた泣きそうになる。

「もしも将来、女性とするのであれば、男はもっと我慢《がまん》しなくては」

彼の言葉に、僕はドキリとする。彼が僕をさらに抱《だ》き締《し》めてくる。

……そうだ、彼は僕に恋《こい》のレッスンをしてくれているだけ。なのに……。

僕の屹立が彼の腿《もも》にまた押し付けられて、僕は息を呑《の》む。

……どうして、こんなに感じちゃうんだろう？

彼の筋肉質の腿が、屹立にキュッと押し付けられる。

「今日は、イクことは禁止だ。……いいね？」

彼の言葉に、僕は驚いてしまう。

キスだけで熱くなっていた身体は、彼に抱き締められてさらに熱くなった。そのうえ勃起《ぼっき》した中心を腿で愛撫されて……。

「……ん……っ」

僕の唇から、不思議なほど熱い声が漏《も》れた。屹立が下着を痛いほど持ち上げ、先端からさらに蜜を溢れさせる。

……ああ、どうしよう？

彼が、僕の耳たぶにそっとキスをする。

「……震えているね。そんなにイキたい……？」

囁かれて、僕は思わずうなずいてしまう。彼が小さく笑って僕の耳たぶをキュッと噛《か》む。

「……ああ……っ」

全身を不思議な快感が走り抜け、僕はいきなりイッてしまいそうになる。

「ダメだよ、一人でイクことは許さない」

彼が言って、二人の身体の間に手を滑り込ませる。驚いている間に、僕の屹立がハーフパンツの布地ごとキュッと握《にぎ》り締められる。

「……ああ、ん……っ！」

そんなところを触《さわ》られるのは、もちろん生まれて初めて。あまりに強烈《きょうれつ》な経験に、僕の屹立がブルッと震えて……。

「ダメだと言っただろう？」

彼がものすごく意地悪な声で囁いて、僕の屹立の根元をキュッと強く握る。

「……くうっ」

せき止められた快感が、身体の奥で暴れ始める。息が苦しくなり、肌《はだ》が燃え上がりそうに熱く……まるで、自分が飢《う》えた獣《けもの》になったみたいな気がする。

「我慢を覚えなさい。少しずつ慣らしていけば、きっとできるようになるはずだよ」

僕の屹立を握り締めながら、彼の唇が僕の耳の周辺にキスを繰《く》り返す。敏感《びんかん》な場所に唇や舌が触《ふ》れるたび、内側から炎《ほのお》であぶられるようにつらくて……。

「……放してください、なんでもします……！」

僕の唇から、懇願するような囁きが漏れる。

「……だから……」

「だから？」

彼が囁き、耳の下の敏感な部分をチュッと吸い上げてくる。

「……ああ……っ」

屹立が、痛いほどに反り返って蜜をとめどなく溢れさせている。今にもイキそうなのに、彼の指にせき止められてそれ以上は進むことができず……。

「どうして欲しい？　一番初めからそんなに長時間は無理かもしれないので、きちんと言えたらイカせてあげるよ」

うながすように屹立を握った手を上下に動かされて……僕は必死で囁く。

「……ああ……放して……指……！」

「何を言っているのかわからない。もっときちんと言って」

彼が本当に意地悪な声で囁いてくる。僕の鼓動《こどう》が、ますます速くなる。

「……指……放してくださ……イキた……」

僕の唇から、切れ切れの喘《あえ》ぎが漏れる。

「それでは通じない。きちんと言いなさい」

命令する口調がなんだかものすごくセクシーで……僕の中のすべての思考能力が吹《ふ》き飛んでしまう。

「……お願い……！」

僕の唇から、必死の懇願が漏れる。

「……指、放して……イカせてください……！」

「よくできたね。ご褒美《ほうび》をあげなくては」

彼が耳元でクスリと笑い、僕のヨットパーカーをめくり上げる。ハーフパンツの前立てのボタンを開けてゆっくりとファスナーを下ろし、そして……。

「……あ、いや……！」

彼の手がハーフパンツと下着をまとめて摑《つか》み、腿の半ばまで一気に引き下ろした。

「……ダメ……ああ……っ」

プルン、と空気の中に弾《はじ》け出る屹立《きつりつ》。潮風にさらされ、濡れている証拠《しょうこ》に、側面がひんやりとする。自分がどれだけ先走りを漏らしていたかが解り……ものすごく恥ずかしい。

「……ん……っ」

思わず両手で隠《かく》そうとするけれど、彼の手で無造作に払《はら》われる。彼の左手が屹立の根元をしっかりと握り、彼の右手が僕の屹立側面を撫《な》で上げる。

「本当に感じていたんだね。こんなところまでヌルヌルだ」

漏らした蜜の量を計るように、彼の手が屹立をゆっくりと往復する。

「……んく……っ」

甘い声が漏れそうになり、僕は必死で唇《くちびる》を嚙む。

「これはご褒美だ。声を我慢しなくていい」

彼が囁いて、僕の唇にそっとキスをする。

「……ん……っ」

舌で唇を辿《たど》られて、力が抜《ぬ》けてしまう。

「どこが感じるのか、きちんと教えてくれ。……感じる？」

彼の大きくてあたたかい手。ヌルヌルと蜜を塗《ぬ》り込められる感触があまりにも淫らで、僕は思わず目を閉《と》じて喘ぐ。

「……あ……あ……っ」

……どうしよう、気持ちがいい……。

「気持ちがいいのなら、きちんとそう言いなさい。それとももう話すことすらできない？」

彼の親指が、張り詰《つ》めた僕の先端《せんたん》をキュッと刺激《しげき》する。根元を握って放出できないようにされたまま、先端をヌルヌルと刺激されて……足の指先までが快感に満たされる。

「……ダメ……そこ……っ！」

とても感じやすいその部分を他人の手で愛撫《あいぶ》されることに、僕はとんでもなく感じてしまっていた。

……ああ、このままされたら、おかしくなる……。

「……また蜜《みつ》が溢《あふ》れたね。感じている？」

先端に蜜を塗り込めながら囁《ささや》かれ、僕はもう何も考えられなくなる。

「……ん……感じます……」

僕の唇から、今にも泣きそうな声が漏れた。

「……すごく……」

「いい子だ。とても可愛《かわい》い」

彼が囁き、そして深いキスをする。舌で口腔《こうこう》をまさぐられ、同時に屹立の先端をヌルヌルと愛撫されて……。

「……あ……お願いです……っ！」

目の前が白くなるような激しい快感に、僕は必死で彼の手を握り締める。そして背中を反り返らせながら哀願《あいがん》する。

「……イかせてくださ……あっ！」

僕は言いかけ、そしてあることに気づいて思わず声を上げる。

彼はキスをするために僕にのしかかっていたけれど……腿《もも》に一瞬《いっしゅん》だけ、彼の下腹が押し付けられたんだ。

「ああ、失礼」

わざとやったのではない証拠に彼は紳士《しんし》的に謝って身を引くけれど……僕は気づいてしまった。彼の下腹に、何かとても熱くて硬《かた》い、太い棒状のものがあったことに。

……これって、もしかして……彼の……。

僕は思い、そして嫌悪感《けんおかん》が少しもないことに驚《おどろ》いてしまう。それどころか、さらに熱い気持ちが湧《わ》き上がってくる。

……ラインハルトは……僕を見て発情してくれていた……？

今まで、彼はきっと少しも感じたりせずに冷静に僕を愛撫しているんだと思っていた。だから心のどこかですごく申し訳ない気持ちになっていた。いくら頼《たの》まれたからといっても、同じ男の身体《からだ》を愛撫するなんて本当は嫌《いや》なんじゃないかって。でも……。

「もしかして……あの……」

僕が言うと、彼は僕の屹立から手を放し、とても後ろめたそうな顔で目をそらす。

「申し訳ない。忘れてくれ。君があまりに色っぽいので少しおかしな気分になった」

「あの……同じ男として、よくわかります」

僕は、さっきの彼の硬さを思い出しながら、とっさに言う。

「あなたも……出した方がいいのでは……？」

彼は驚いたように僕の顔を見下ろし……それから深いため息をつく。

「……危険なことを言わないでくれ。私は身体が大きいし、君よりもずっと力が強い。万が一さらにおかしな気持ちになったら、君にもっとひどいことをしてしまうかもしれないよ」

「ひどいこと？」

僕は不思議になりながら聞き返す。だって……。

「僕は、あなたにひどいことなど一つもされていません。あなたは優《やさ》しい人ですから、ひどいことなんかできるわけがありません」

僕が言うと、彼はどこかが痛むかのように眉《まゆ》を寄せ、ため息混じりの声で言う。

「私は、性的なことを何も知らなかった君にキスを教え、それだけでなく性器を刺激して何度もイカせた。それもひどいことではないのか？」

「いいえ、キスを教えてほしいと希望したのも僕だし、最初にイッてしまったのも僕です」

僕は必死で言い、それから一人で赤くなる。

「……僕、最初からものすごく恥《は》ずかしいことばかりしていますね……」

「君は、私とキスをすることも、愛撫されることも、嫌ではなかった？」

まだどこかつらそうに聞く彼に、僕はかぶりを振《ふ》ってみせる。

「いいえ。嫌ならこんなふうにはなりません。……あの……」

僕は、彼のつらそうな顔を見るのが苦しくて、頬《ほお》が熱くなるのを感じながらも正直な言葉を口にする。

「……あなたに触《ふ》れられて、気が遠くなりそうに気持ちがよかったんです。あなたの手でイキながら、少しだけ大人になった気がしました。だから……あの……」

僕は必死で勇気を振り絞《しぼ》って、彼を見上げる。

「もしもお嫌でなければ、僕に、同じことをさせてください」

彼はとても驚いたように目を見開く。

「そんなことが君にできるのか？」

「僕だって男です。だから男の身体のメカニズムはわかっています。ええと……あなたみたいに上手にはできないかもしれませんが……でも……」

僕はずっと漠然《ばくぜん》と考えていたことを言葉にする。

「僕一人がイクのでは、一人でするマスターベーションと同じです。愛する人とのセックスは、その人と快感を共にすることだと思うんです。……もしもあなたと快感を共有することができれば、僕も大人の恋《こい》が少し理解できる気がします」

彼は目を見開いたままで僕の言葉を聞き、それからどこか呆然《ぼうぜん》とした声で言う。

「見た目が若くて純情そうなせいで誤解しがちだが……君はとてもいろいろなことを考えているようだ。しかも実はしっかりしていてかなりの男前なのでは？」

その言葉に、僕はちょっと赤くなる。

「兄にはよく言われます。一見内気そうに見えるけれど、いざとなると意外にしっかりしている、実はけっこう気が強いって……いえ、あの……」

僕は言いかけ……それから自分達が何をしようとしている途中《とちゅう》だったかをやっと思い出す。

射精の直前で愛撫を中断された屹立が、ジンジンと熱い。

「……すみません。もうそんな気分じゃなくなっていますよね？」

「君はどう？」

彼が手を伸《の》ばし、僕の中心に触れてくる。

「……あっ！」

指先が触れただけで、屹立がビクンと震《ふる》えてしまう。不思議だけど、僕の中心は少しも萎《な》えずに硬く勃起《ぼっき》したままだった。

「君はまだ発情したままのようだね」

「あなたは？」

僕が聞くと、彼は少しだけつらそうに眉を寄せる。それから屹立から放した手で僕の手を握《にぎ》り、自分のほうに引き寄せる。

「私も同じだよ」

手のひらに触れた彼の下腹部。上等の麻《あさ》のスラックスを、とても逞《たくま》しいものがしっかりと押し上げている。その大きさに、僕は思わず息を呑《の》む。

「……あ……っ」

「他人のここに触れるのは怖《こわ》い？」

彼に聞かれて、僕はそっとかぶりを振る。

「別の男性のものならもちろん怖いと思うんですが……あなたのなら、怖くありません」

言うと彼は小さく息を呑み、それから苦しげな顔で苦笑する。

「そんなことを言われたら、欲望《よくぼう》のあまり気が遠くなりそうになるよ」

彼は言って僕の上から起き上がる。そして麻のスラックスの前立てのボタンを外してファスナーを下ろす。

「……あ……っ」

恥ずかしくて目をそらしたいのに、動くことができない。彼は下着の合わせ目に手を入れて、一瞬の躊躇もなく逞しい屹立《きつりつ》を引き出す。ブルン、と震えて露《あら》わになったその中心は、彼の体格に似合った逞しさで、それに反応したかのように、僕の屹立が……。

「……あっ！」

僕の屹立の先端から、ビュクッ！　と白い蜜が飛んでしまう。

「……く、うう……っ！」

激しい快感とともに、蜜《みつ》は恥ずかしいほどの量で飛ぶ。とっさに両手で押さえるけれど、もちろん放出は止まらず……僕の両手のひらは白濁《はくだく》でたっぷりと濡《ぬ》れてしまう。

「なんていやらしい子だ」

彼が言い、僕の上にのしかかってくる。

「私の屹立を見ただけで、イッてしまったのか？」

囁《ささや》きながらキスをされて、気が遠くなりそうなほど恥ずかしくなる。

「……あ……っ」

彼の服を濡らしそうで、手が使えない。僕は両手を宙に浮《う》かせたまま、彼のキスを受ける。

「もう降参？　嫌ならやめるけれど？」

からかうように言われて、僕は必死でかぶりを振る。

「いいえ、一度言ったことはきちんとやりとげなくてはいけません。でも……」

僕は赤くなりながら告白する。

「僕の両手は、汚《よご》れてしまっていて……あなたに触れていいのか……」

「かまわない。いや……」

彼はもう一度僕にキスをして囁く。

「……とても興奮する」

セクシーな囁きに勇気付けられ、僕は両手で彼の屹立に触れる。燃え上がりそうな熱さと鋼鉄のような硬《かた》さに、心臓が壊《こわ》れそうなほど鼓動《こどう》が速くなる。

「……すごい……大きい……」

正直な驚《おどろ》きが、唇《くちびる》から勝手に漏《も》れてしまう。彼は小さく苦笑して、

「それはありがとう。……怖い？」

「いいえ、大丈夫《だいじょうぶ》です。少し驚いてしまいました」

僕は両手で彼の屹立を包み込み、自分の蜜の滑《ぬめ》りを借りてゆっくりと側面を擦《こす》り上げる。どこをどうしていいのか解《わか》らずに、不器用にくびれの部分や張り詰《つ》めた先端《せんたん》に触れる。

「……っ」

彼が小さく息を呑み、また苦笑する。

「とても下手《へた》だな。だが、そこがとても興奮するよ」

彼が囁いて、僕の屹立を手のひらで包み込む。

「横向きになって。もう少しこっちへ来てごらん。……そうだ」

彼が空いている方の手で僕の腰《こし》を引き寄せて……。

「……あ……っ！」

僕の屹立が、彼の屹立に触れる。側面で直に感じた彼の熱さに、僕は思わず声を上げる。

「二人で同時にしよう。二本まとめて、手のひらで包んでごらん」

「……はい……」

僕はドキドキしながら二人の屹立を両手でまとめて握り締《し》める。彼の性器に自分の性器が触れていると思うだけで、またイキそうで……。

「震えているね。だがまだ我慢《がまん》しなさい。二人一緒《いっしょ》だ。いいね？」

彼が囁き、僕の両手ごと、屹立を手で包み込む。

「……あ……あ……あぁ……っ！」

そのまま速い速度で扱《しご》き上げられて、僕は背中を仰《の》け反らせて喘《あえ》ぐことしかできない。

「君の手と、屹立の感触《かんしょく》が、とてもいい」

彼が僕の耳に囁きを吹《ふ》き込む。いつもはどこかクールで意地悪な感じの彼の声が、今は熱くかすれている。

……ああ、彼も僕に感じてくれてるんだ……。

「……アァッ……アァッ……もう……！」

「我慢できない？」

彼の問いに、僕は必死でうなずく。

「わかった。少し待って、これでは服を汚してしまう」

彼が言って身を起こし、自分の綿シャツを脱《ぬ》ぎ捨てる。彫刻《ちょうこく》のように完璧《かんぺき》な上半身に見とれてしまっている間に、僕のヨットパーカーのファスナーが引き下ろされ、胸元が潮風にさらされてしまう。

「乳首《ちくび》が勃《た》っている。しかもとても色っぽいバラ色だ」

彼の指先が、乳首の先をそっとくすぐる。

「……あ、ああん……っ！」

そんな場所が感じるなんて思ってもみなかった僕は、そこから走った鋭《するど》い快感に思わず声を上げてしまう。

「とても敏感《びんかん》なんだな。それなら……」

彼が顔を下ろして、僕の乳首にキスをする。

「……やあ、そこは……んんっ！」

そのまま舌でゆっくりと舐《な》め上げられて、腰がヒクヒクと震えてしまう。

「腰を揺《ゆ》らしたりして、なんていけない子だろう？」

彼が囁いて、二人の屹立をしっかりと握り締める。

「君が素晴《すば》らしすぎて、目が眩《くら》みそうだ。一緒にイこう」

彼が囁き、僕の手をしっかりと握ったまま、手を激しく上下させる。

「……アッ……アッ……アッ……！」

ヌルヌルの自分の手のひらと屹立、そして彼の逞しい怒張《どちょう》。二人の先走りが混ざり合い、溶《と》け合って滑り……。

「……アアッ！」

とどめを刺《さ》すように乳首を強く吸い上げられ、ひときわ強く扱き上げられて……。

「……んんーっ！」

僕の先端から、ビュクビュクッと白濁が溢《あふ》れる。一瞬《いっしゅん》後、彼の逞しい屹立のスリットから、ドクンドクンッ！　と欲望の蜜が激しく迸《ほとばし》った。それは混ざり合い、熱く僕の肌《はだ》を濡らす。

「……あ……あ……」

息も絶え絶えの僕に、彼はそっとキスをしてくれる。

……ああ……まさか、自分がこんなことをするなんて……。

彼がクーラーボックスから冷たい濡れタオルを出し、

ヌルヌルになった僕の両手とお腹をていねいに拭き清めてくれる。

ひんやりとした感触が燃え上がりそうな肌に心地いい。

「とても素晴らしかった。……イリア、君は？」

セクシーな声で囁かれて、僕は何もかも忘れてうなずく。

「僕も……とても気持ちがよかったです……」

僕は身体《からだ》を痺《しび》れさせる快感に陶然《とうぜん》としながら囁き返す。

「大人は……みんな、こんなことをしているんですか？」

「全員とは言わないが、多くの大人はこういうことをしているな。……もし君が怖いのなら、もうこれ以上のレッスンはやめておくよ」

彼は、その美しい茶色の瞳《ひとみ》で真っ直《す》ぐに僕を見つめながら言う。

「どうする？」

……ああ……。

僕は鼓動が速くなるのを感じながら思う。

……ここで、もうやめてほしいと言わなくちゃいけない。なのに……。

僕の身体は、彼に教えられた深い快感を覚えてしまった。それだけでなく、逞《たくま》しい腕《うで》に抱《だ》き締められる安心感や、そのキスの甘さも。

……もう、やめなくちゃいけない。でないときっと、この甘美な世界に溺《おぼ》れてしまう……。

解っているのに、でも……。

「……やめないで……もっと大人になりたい……」

彼は囁き、まるで恋人《こいびと》みたいに僕を優《やさ》しく抱き締めて……。

「いい子だ、イリア」

プルルルル！

広がる海と潮風に似合わない無粋《ぶすい》な音が、浜辺《はまべ》に響《ひび》いた。僕は驚き、そしてそしてそれがヨットパーカーのポケットに入った携帯《けいたい》電話の呼び出し音であることに気づく。

「……す、すみません。どうしよう……？」

「誰《だれ》から？」

彼に聞かれて、僕は慌《あわ》ててポケットから携帯電話を出し、液晶《えきしょう》画面を確認する。

「……兄からです。もしかしたら急用かもしれません」

「それなら出たほうがいい」

彼に言われて、僕は携帯電話のフリップを開く。兄のレオンは、世界中を飛び回る実業家。話をするのはたいてい夜、僕から電話をかけることが多い。だから、彼から、こんな時間にかかってくるのは珍しいんだ。何か緊急の用事だろうか、と少し青ざめてしまいながら、僕は通話ボタンを押して、電話を耳に当てる。

「イリアです。兄さん？」

『俺だ。休暇《きゅうか》中だと聞いたが……まだニースにいるのか？』

聞きなれた兄さんの声。半裸《はんら》の自分が恥《は》ずかしくて、僕は一人で赤くなる。ラインハルトがクーラーボックスから出した濡《ぬ》れたタオルを、僕に差し出してくれる。僕はそれを受け取って、ヌルヌルになった自分の身体を慌てて拭《ふ》く。

「う、うん。もうすぐ帰らなくちゃと思っていたんだけど……」

下着とハーフパンツを引き上げ、ヨットパーカーのファスナーを上げると、やっと落ち着いて話ができるようになる。

「こんな時間に電話してくるなんて珍《めずら》しいね。何かあったの？」

『ああ。休暇《きゅうか》中のところを申し訳ないんだが……一つ大切なことがわかったんだ』

兄さんがこんなことを言うのはとても珍《めずら》しい。僕は驚《おどろ》いてしまいながら、

「どうしたの？　なんでも言って」

『……ずっと国交が途絶《とだ》えていた、サンクト・ヴァレンスクとルーデンドルフ……その諍《いさか》いの原因がわかったんだ』

「えっ？」

僕は驚いてしまいながら姿勢を正す。

「……本当に？」

古い文献《ぶんけん》で見ると、サンクト・ヴァレンスクとルーデンドルフにはもともと国交があったし、

隣国《りんごく》だけあって物品や人々の行き来も盛んだった。もしも国交断絶の原因が解って解決すれば、サンクト・ヴァレンスクとルーデンドルフはもとのように仲のいい国に戻《もど》れるかもしれない。

……そうしたら、僕は自由にルーデンドルフに入国することができる。そうすればラインハルトと会うのも今より楽になるはずだし、何より……ずっと彼と一緒《いっしょ》にいたいという夢も叶《かな》うかもしれない。

僕は考え、胸が熱くなるのを感じる。

僕は王の直系の息子《むすこ》ではあるけど、王位継承《けいしょう》権があるわけじゃない。兄さんが王位を継《つ》いだ後は、ごく普通《ふつう》の一人の男に戻ることもできるんじゃないかと思う。

……もしも普通の男になって、彼とずっと一緒に暮らせたらどんなに素敵だろう？

『その原因というのは、ある一つの宝石なんだ。巨大《きょだい》なルビーで……』

レオンは言い、それからため息をつく。

『大切な話なので、電話ではなくできれば会ってきちんと話したいんだ。だが、仕事が立て込んでいておまえがいるニースまで行けそうにない』

「それなら、僕がそっちに行くよ。その話をきちんと聞きたいし。だってそれはサンク……いや、ヴァレンスキー一族にとっても大切なことだし……」

僕は、サンクト・ヴァレンスク王家と言いそうになり、慌《あわ》ててヴァレンスキー一族と言い直す。僕が王族だと知ったら、ラインハルトはきっと驚くだろうから。

『もし可能なら、こちらに寄ってもらえると助かる。今、タカヒコと一緒にサンクト・ヴァレンスクの山の別荘《べっそう》にいるんだ。……ああ、もちろんハネムーンというわけではなくて、この山《さん》荘《そう》の金庫室に用事があったからなんだが』

レオンの言葉に、僕は思わず微笑《ほほえ》んでしまう。

少し前に正式に紹介《しょうかい》してもらったんだけど……実は、レオンの恋人《こいびと》は男性で、青山貴彦《ひこ》さんという日本人男性。有名なオークション会社、サザンクロスで働いている人で、GG(Graduate Gemologist)の資格を持っている宝石のスペシャリスト。大富豪《だいふごう》の間で『麗《うるわ》しの黒衣の死神』と呼ばれる天才鑑定士《かんていし》。優秀《ゆうしゅう》なだけでなく、黒髪《くろかみ》と黒い瞳《ひとみ》のうっとりするような美青年だ。

「彼にも会えるの？　すごく楽しみ」

僕が言うと、レオンはちょっと照れたようにクスリと笑う。

『おまえはタカヒコが本当に好きだな』

「もちろん。あんなに綺麗《きれい》で優秀な人はいないよ」

僕は、彼の麗しい顔を思い出しながら言う。

「今夜の便でサンクト・ヴァレンスクに向かうよ。ああ、でも、今の時期は混んでるかな？　チケットが取れるといいんだけど……」

観光資源も豊富なサンクト・ヴァレンスクは、四季折々にたくさんの観光客が訪れる。すごく嬉《うれ》しいことなんだけど、気をつけないと飛行機のチケットが取れなくて帰れないことになる。

『国内線でオルリー空港まで行ってくれれば、私の自家用ジェットがある。おまえが行くまでに離陸《りりく》の準備をさせておくので、それで来るといい。到着《とうちゃく》の時間に合わせて、サンクト・ヴァレンスク空港にリムジンを向かわせる』

「わかった。それなら楽そう。……到着は明日《あした》の朝かな？」

『とても助かる。気をつけて来るんだぞ』

僕は言って電話を切る。それから……ふいに寂しくなってしまう。

「あの……兄の用事で今夜にはニースを発《た》たなくてはいけないことになりました。だからもうそろそろホテルに帰らなくてはいけません」

「切なそうな顔をしているな」

ラインハルトが、僕の目を覗《のぞ》き込みながら囁《ささや》いてくる。

「……帰りたくない？」

その言葉に、僕はドキリとする。

……どうしよう、僕……。

太陽に熱せられた砂のせいで、肌が熱い。そしてキスと愛撫《あいぶ》の余韻《よいん》で身体は甘く疼《うず》いている。

だけど、それだけじゃなくて……。

この後、船で港に帰ればラインハルトとは離《はな》れ離《ばな》れ。寂しくて、彼のことばかり思い出してしまいそうな予感がする。

……今まで、一人でも寂しいなんて思ったことはなかったのに……。

僕は彼の瞳を見上げながら思う。

……でも……彼と知り合ってから、僕は深い部分から変わってしまった気がする……。

「帰りたくないと言えば、このまま君を帰さない。君は一生、この島で私と暮らすんだ」

ラインハルトの口から出た言葉が、目が眩《くら》みそうなほど魅力《みりょく》的に聞こえる。

この島で彼と二人きり、笑ったり、日光浴をしたり、キスをしたり。そんな毎日が、どうしてこんなに甘美に思えるんだろう？

……でも……。

僕はなんだか泣きそうになりながら思う。

……どんなに夢を見ても、僕はサンクト・ヴァレンスクの第二王子。誰かと手に手を取って逃《に》げることなんか、きっと絶対に許されない。そんなことになったらサンクト・ヴァレンスクの諜報《ちょうほう》部が確実に動くだろうし。そうでなくても、ラインハルトは世界的に有名な実業家。そんな夢のようなことを実行できるわけがない……。

そう思ったら、なんだかすごく悲しくなってしまう。

……大人な彼は、そんなことは百も承知だろう。きっと、僕をからかってるんだ。

「そんなことはできません。わかっているくせに」

僕の唇《くちびる》から、かすれた声が漏《も》れた。ラインハルトは一瞬《いっしゅん》黙《だま》って僕を見つめ、それから自嘲《じちょう》的な笑みを唇の端《はし》に浮《う》かべる。

「……そうか、残念だな。私は本気だったんだが」

……また、そんなこと……。

僕の心が、チクリと痛む。

彼はいつも率直な言葉を口にして僕を安心させてくれるけれど、たまに僕は彼の言葉の真意がつかめずに混乱する。でも……。

「わかった。そろそろ送っていこう。あまり遅《おそ》くなると、本当に帰したくなくなるからね」

彼が言って身を起こし、砂の上に立ち上がる。それを呆然《ぼうぜん》と見上げながら、僕はなんだかとても寂しくなる。

百戦錬磨《ひゃくせんれんま》の実業家である彼は、僕の気持ちなんか隅《すみ》から隅までお見通しだろう。

……僕が寂しいと思ったことを察知して、慌《あわ》てて予防線を張ったのかな？　これは男同士でこれ以上のことはできないよ、というシグナルだろうか？

「わかりました、準備しますね」

「用事が済んだら、またニースに戻《もど》ってくるんだろう？」

彼の言葉に、僕はドキリとする。

「ええと……」

「戻ってくると約束しなさい。でないと行かせないよ」

彼の目の奥に獰猛《どうもう》な光があって……僕はもう何も考えられなくなる。

「……戻ってきます。だから……」

僕は魅《み》せられたように彼を見つめ返しながら言う。

「……もっと、僕を大人にしてください……」

◆

「イリア様、ご到着《とうちゃく》です」

執事《しつじ》が言いながら扉《とびら》を開け、僕はちょっとドキドキしながら二人がいるはずの家族用のダイニングに踏《ふ》み込む。

青山貴彦《ひこ》さんとレオンは、恋人《こいびと》同士になってからまだ日が浅い。そのせいか会うたびにラヴラヴで、見てるほうが照れてしまいそうなんだ。

二人が結ばれる前にも、僕は貴彦さんに会ったことがある。その時の貴彦さんはまだレオンのことを信用しておらず、心を閉ざしたままに見えた。貴彦さんに恋《こい》をし、彼の信頼《しんらい》を得ようと手を尽《つ》くしていたレオンは、本当につらそうだった。

僕は美しくて凛々《りり》しい貴彦さんを一目で好きになったし、レオンが本気で彼を想っていることも解った。だから僕は、二人が恋人同士になれたことを心から喜んでいるし、二人がずっと幸せでいてくれることを願っているんだ。

「早くに到着しちゃったけど……もしかして食事中だった？」

僕は、二人が座ったテーブルを見渡《みわた》しながら言う。朝食がずらりと並んでいるかと思ったけれど……紅茶が満たされた二人分のローゼンタールのカップが置かれているだけだった。

「そろそろおまえが来るかと思って待っていた。朝食はまだだろう？」

レオンが微笑《ほほえ》みながら言う。スタンドカラーの白い綿シャツにサンドベージュの麻《あさ》のスラックス。背中を伸《の》ばして姿勢よく座った姿は、弟の僕から見てもすごく格好いい。彼の名前は、レオン・サンクト・ヴァレンスク。一流のモデルにだってなれそうな完璧《かんぺき》なスタイルの長身と、男らしい凛々しい顔立ち、正義感に溢《あふ》れた真っ直ぐな性格。身体《からだ》が弱かった僕をいつも励《はげ》まし、優しくしてくれた、本当に理想の兄さんなんだ。

僕が椅子《いす》に座ると、レオンは、控《ひか》えていた執事に朝食を運ぶように指示をする。執事と一緒《いっしょ》にフットマン達も廊下《ろうか》に出て行き、ダイニングには僕達三人だけになる。開かれた窓から緑の香《かお》りの風が吹き込《こ》み、鳥の声が聞《ふ》こえてくる。

「イリアくん、久しぶりだね。疲《つか》れていない？」

レオンの隣《となり》から言ったのは、青山貴彦さん。すらりとした身体を包むのは、洒落《しゃれ》たデザインの麻のシャツと、仕立てのよさそうな黒のスラックス。真珠《しんじゅ》みたいに真っ白な肌《はだ》、綺麗《きれい》な艶《つや》のある黒い髪《かみ》。長い睫毛《まつげ》の下から僕を見つめるのは、潤《うる》んだように色っぽい漆黒《しっこく》の瞳《ひとみ》。

……ああ……いつ見ても彼は本当に綺麗。そして、それだけじゃなく……。

「大丈夫《だいじょうぶ》です。貴彦さんにまたお会いできて嬉《うれ》しいです。いつもお土産《みやげ》やカードを送ってくださってありがとうございます」

僕が言うと、彼は笑みを深くして、

「仕事で出張に出ると、つい君のことを思い出して何か買ってしまうんだよね。迷惑《めいわく》かもしれないと思ってはいるんだけど……」

「そんなことありません！　いつもすごく嬉しいです！　僕は自分からはあまり旅行とかしないし……まるで自分が旅をしているみたいで楽しくなります！」

僕は慌《あわ》てて言う。彼は世界中の大富豪《だいふごう》を顧客《こきゃく》にしているから、しょっちゅういろいろな国に出かけている。旅先から彼が送ってくれる素敵なお土産とか、綺麗なカードとかを、僕は実はすごく楽しみにしているんだ。

「イリアくん、本当に可愛いよね。僕も、こんな弟が欲しかったな」

貴彦さんが言い、僕は本当に嬉しくなりながら、

「僕もあなたみたいなお兄さんが欲しかった……っていうか、僕はレオンの伴侶《はんりょ》であるあなたのこと、本当のお兄さんみたいに思っているんです」

「本当に？　私も、君のことを本当の弟みたいに思ってもいい？」

「はい、もちろんです」

僕は貴彦さんの麗《うるわ》しい顔に見とれてしまいながら言う。レオンが咳払《せきばら》いをして、

「ああ……二人が仲良くしてくれるのは嬉しいが……度が過ぎると少し嫉妬《しっと》しそうだ」

貴彦さんは呆《あき》れたようにレオンをチラリと睨《にら》んで、

「まったく、本当にやきもち妬《や》きなんだから。それでも一国の王子ですか？」

僕と話す時とは別人のようにクールな声で言うけれど、その白い頬《ほお》が微《かす》かにバラ色に染まってる。要するに、貴彦さんは照れてしまってるんだろう。

「失礼いたします、朝食をお持ちしました」

声に続いてノックの音が響《ひび》き、ドアが開く。

「お待たせいたしました」

執事とフットマン達が、ワゴンを押して部屋に入ってくる。テーブルに載《の》せられたのは、僕も大好きなサンクト・ヴァレンスクの田舎《いなか》風の朝食だった。

クレープに似た生地で、半熟の卵とハムを包んだブリヌイ。スフレのようにふわふわに焼いたオムレツ。それにたくさんのきのこの入ったつぼ焼きのクリームスープ。そしてサンクト・ヴァレンスク風のジャムが添《そ》えられた香り高《たか》い紅茶。僕の大好物ばかりを用意してくれた兄さんの心遣《こころづか》いに嬉しくなる。僕らはカトラリーを持ち上げ、とても美味《おい》しいそれを味わう。

「すごく美味しい。少し家を空けただけで、すぐに食べたくなってしまうんだよね」

僕が言うと、レオンがにっこり笑う。

「よかった。そうだと思った。貴彦も、レオンのために好物を準備してあげた方がいいと言っていたしね」

僕はレオンと貴彦さんの優しさに、胸が熱くなるのを感じる。

「タカヒコさんのこと、父さんと母さんもきっとすごく気に入ると思う。だって、すごく素敵な人だから……」

僕は思わず言ってしまい……二人が複雑な顔をしたことに気づいて言葉を切る。

……そうだ、二人は男同士で、しかもレオンは王位継承者《けいしょう》。どんなに貴彦さんが素敵でも、そんなに簡単にいくわけがなくて……でも……。

「ごめんなさい、カミングアウトはそうそう簡単にはいかないだろうけど……でも……」

僕は二人の顔を見比べて、思い切って提案する。

「まずは、タカヒコさんを親しい友人として紹介《しょうかい》したらどうかな？　二人は恋人だけど、同時にとても気が合う仲のいい友人だよね？」

僕の言葉に、二人は少し驚《おどろ》いたような顔になる。

「兄さんが王位を継承したら、法律を改正するんだよね？　男同士で結婚《けっこん》できるように」

僕が言うと、貴彦さんは頬を染め、レオンは決意を固めた顔でうなずく。

「もちろん。今からその根回しに動いているところだ」

「それなら、彼をまずは友人として紹介しておくのはどうかな？　父さんと母さんはタカヒコさんのことを絶対に気に入ると思うし、そうなれば、王宮のパーティーに貴彦さんと一緒に出席することもできるよ。僕も、協力するから」

「あ、ごめんなさい。勝手なことばっかり言ってしまったかも」

僕は一気に言い……それから自分が何を言ったかに気づいて一人で赤くなる。

「いや」

レオンが僕を見つめて言う。

「それも考えていたのだが、まだ迷いがあった。だが、おまえの言葉でやっと気づいた。タカヒコは私の恋人であると同時に、どんなことでも話せる一番大切な友人でもある。彼の存在を隠《かく》しておくほうが不自然かもしれないな。……両親に、君を紹介したい。どう思う？」

レオンが貴彦さんを見つめて聞く。貴彦さんは頬を染めて、

「……それはもちろん、とても嬉しい。すぐに恋人として紹介されるのが無理なのはよくわかっている。でも、愛する人を育ててくれたご両親には、ぜひお会いしてみたい。私の心の中では、レオンやイリアくんと同じくらい大切な人達なんだ」

「……タカヒコ……」

二人は、今にもキスをしそうな熱い目で見つめ合う。僕は思わず微笑んでしまいながら、

「ごめん、僕はお邪魔《じゃま》かも？　用件が済んだらすぐに退散するね」

「ああ、悪かったな、イリア」

レオンはやっと僕の存在を思い出したように咳払いをする。それから、

「サンクト・ヴァレンスクとルーデンドルフの国交に関わる話をしなくてはいけなかった。私とタカヒコで宝物庫の整理をしていて、偶然《ぐうぜん》古い資料を見つけたんだ」

ふいに真面目《まじめ》な顔になって言う。僕は姿勢を正しながら、

「国交が断絶した原因は……いったいなんだったの？」

「国交が途絶《とだ》えた原因は、両国の王……私達の祖父の代のことだが……の諍《いさか》いらしい。その諍いの元になったのが、『白鳥の血』という名前の価値の高いルビーだと書いてあった。それは、もともとルーデンドルフの国宝だった宝石のようなんだが……」

「そのルビーが、どうして諍いの原因に……？」

僕が言うと、レオンは複雑な顔になって、

「ルーデンドルフの王妃《おうひ》の持ち物だった『白鳥の血』が、パーティーの夜に何者かに盗《ぬす》まれたという記述まではあったんだ。そこからどうして諍いになったのかが、詳《くわ》しく書かれていなかったんだが……」

「もしかして、サンクト・ヴァレンスク王室の誰《だれ》かが盗んだのだと疑われているとか？　何かの手違《てちが》いで、サンクト・ヴァレンスクの宝物庫にあったりしたら大変だよね」

僕が言うと、レオンは難しい顔で、

「それも考えて、使用人達を総動員してこの別荘《べっそう》の宝物庫を隅《すみ》から隅までチェックした。だが、それらしき宝石は見つからなかった。ほかにも王宮の宝物庫や、世界中の別荘に作られた宝物庫をすべて探すべきだと思っているんだが、かなりの面積になる」

レオンはため息をつき、それから僕を見つめて、

「宝石に関しては、サンクト・ヴァレンスク王室に伝わる宝物を研究しているおまえの方が、俺よりもずっと詳しいだろう？　だから、それらしきルビーをどこかで見かけたことはないか聞いてみようと思ったんだ」

たしかに僕は、父さんからサンクト・ヴァレンスク王室が所有する宝物庫の管理を任されている。兄さんや父さんの用事で出かける時以外は、それに関する文献《ぶんけん》をまとめたり、宝物庫の分類と整理を請《う》け負《お》ったりしているんだ。

「……大粒《おおつぶ》のルビー……だよね……？」

僕は頭の中に入っている宝石のデータを思い出してみる。

……もしもそのルビーが見つかったとしたら、すぐに事実を解明し、謝罪をしてそのルビーを返すことになるだろう。そしてサンクト・ヴァレンスクとルーデンドルフはまた国交を回復できるかもしれない。

「ええと……ローマにある別荘の宝物庫に、ルビーを使った指輪があったはず。あと、香港《ほんこん》の別荘の宝物庫にも、オリエンタル風のデザインのルビーのネックレスがあるはずだよ。どれも

デザインが重視で使われている石は大きくても三カラット程度だけど……」

僕の言葉に、レオンと貴彦《ひこ》さんは顔を見合わせる。貴彦さんが、

「文献によれば、そのルビーは二十カラットを超《こ》えるもの。カボッションカットだから特徴的《とくちょう》だと思うんだよね」

言って、何かを考え込むような顔になる。

『白鳥の血』……私もどこかで聞いたことがあるので、探してみるつもりだけど」

「ごめんなさい。僕もまだ宝物庫の整理の途中《とちゅう》なんだよね。なにしろ先祖代々が収集したものだから膨大《ぼうだい》で……僕も探すのを手伝おうか？」

僕がちょっとしょげながら言うとレオンが優しく微笑《ほほえ》んで、

「おまえが謝る必要はない。とりあえずこちらで捜索《そうさく》を続ける。もしも何か思い当たることがあったらすぐに教えてくれ」

「わかった。すぐに連絡《れんらく》するね」

僕は深くうなずく。

……ああ、その問題が解決して、二国間の国交が戻《もど》ったらどんなに素敵だろう……？

◆

レオンに宝石を渡《わた》した後。僕はサンクト・ヴァレンスクに寄って父と母に顔を見せ、引き止める彼らを振り切るようにしてニースに戻ってきた。

『昨日はどうもありがとう、イリア』

電話の向こうのレオンの声に、僕は嬉《うれ》しくなる。

「ううん、大丈夫《だいじょうぶ》だよ。貴彦さんにも会えたしね、……ええと……」

僕はちょっと心配になりながら、

「兄さん達がこれからも仲良くしてくれるといいなって思って、つい焦《あせ》っちゃった。……もしかして僕、生意気なことをまた言っちゃった？」

僕が言うと、レオンは受話器の向こうで苦笑して、

『おまえが内弁慶《うちべんけい》なのはよくわかっている。俺の前ではすぐに強がって世慣れたふりをする。一人になると不安になるくせに』

……レオンは、やっぱり誰《だれ》よりも僕をよく解《わか》ってるかもしれない。

『……今日のおまえは、少し大人になったように見えた』

レオンの言葉に、僕は少し驚《おどろ》いてしまう。

「本当に？」

『ああ。俺とタカヒコのことを思って、必死でいろいろなことを言ってくれた。まだ父上と母上に彼を恋人だとは言えないが……いつかはカミングアウトできる日が来ると信じている』

レオンの声には、彼に対する深い気持ちが滲《にじ》んでいて、なんだか僕の胸まで熱くなる。

「僕、これからも兄さんの恋を応援《おうえん》する。タカヒコさんは綺麗《きれい》なだけじゃなくてすごく聡明《そうめい》な人だ。その時は、きっと父さんと母さんも理解してくれると思うよ」

『ありがとう、イリア。……やはり、少し大人になったみたいだな。恋でもしている？』

レオンの言葉に、僕は一人で赤くなってしまう。

「ち……違《ちが》うよ……」

僕が答えると、兄さんは明るく笑って僕をからかい、それから電話を切る。

……本当に僕が恋に堕ちてるなんて、兄さんは夢にも思わないだろう。しかも……。

僕はラインハルトの顔を思い出し、胸がギュッと熱くなるのを感じる。

……相手が、同じ男だなんて……。

コンコン！

部屋のドアにノックの音が響《ひび》き、僕はソファから立ち上がる。そろそろランチのルームサービスが来る頃《ころ》だった。このところ、僕は部屋にこもって仕事をし、食事はルームサービスが多かった。ラインハルトがいない時にレストランに行く気がしなかったんだ。なんだか、ますます孤独《こどく》感を感じてしまいそうだったから。

ドアスコープから覗《のぞ》くと、廊下《ろうか》には食事を運んで来てくれたウエイターと、さらにワシリーとイーゴリの姿が見えた。

「はい、今、開けます」

僕は言ってドアチェーンを外し、ドアを開く。

「失礼いたします、ルームサービスをお持ちしました」

ウエイターがにこやかに言って、重そうなワゴンを押して部屋に入ってくる。専用リビングの窓側のいつもの場所に、テーブルをセッティングしてくれる。

「二人とも、一緒《いっしょ》に食べてくれるの？　それなら二人の分の食事も運んでもらって……」

「そうではありません」

ワシリーが沈鬱《ちんうつ》な顔で僕の言葉を遮《さえぎ》る。彼の様子に、僕はとても嫌《いや》な予感を覚える。

ウエイターがテーブルを準備し終わって、部屋から出て行く。ワシリーはドアが閉まったタイミングで僕を見つめて言う。

「お話があります。お食事をしている間でけっこうですので時間をいただけますか？」

……もしかして、ラインハルトのことだろうか？

ゆっくりと血の気が引いていくのを感じる。彼らはいつも僕のそばにいるから、なんでも知っているし、僕が何を思っているかを正確に察知してくれる。ラインハルトからのレッスンに夢中になってすっかり忘れていたけれど、彼らが僕の異変に気づかないわけがなくて？

「わかった、ちゃんと聞く。そこに座って」

二人はうなずき、僕がすすめたソファに座る。ワシリーが少し迷い、それから覚悟《かくご》を決めた

ような顔で、

「一昨日《おととい》、私達の目を盗《ぬす》んでお一人でおでかけになりましたね？」

その言葉に、僕は愕然《がくぜん》とする。

「……知ってたの……？」

「私達はまんまと騙《だま》されました。しかしホテルのフロアコンシェルジェがすぐに報《しら》せてくれました。あなたが、一人でエレベーターに乗ったことを」

その言葉に、僕は少し青ざめる。

王族やVIP専用のこのフロアには、エレベーターの前にカウンターがあって、フロア専用のコンシェルジェが常駐《じょうちゅう》している。そこにいたコンシェルジェに、僕は挨拶《あいさつ》をしてエレベーターに乗った。

……まさか、彼がワシリー達に報告してしまうなんて。

「コンシェルジェには、あなたは超《ちょう》VIPなのでお忍《しの》びで抜《ぬ》け出そうとした時には必ず連絡《れんらく》するようにと頼《たの》んであります」

「じゃあ、もしかして……僕を尾行《びこう》していたの？」

僕が言うと、二人は揃《そろ》って頷《うなず》く。

「あなたがあの男のリムジンに乗るところを見つけ、セダンで追いました。あなたはあの男のクルーザーに乗り込み、そのまま海に出てしまいました。そして夕方まで戻らなかった」

ワシリーは彼にしては珍《めずら》しく怒《いか》りの表情を浮《う》かべて、

「私達は、陛下からあなたが一人で行動するようなら報告するようにとの命令を受けています。あなたの行動は、先ほどサンクト・ヴァレンスク王宮に報告させていただきました」

その言葉に、僕は血の気が引くのを感じる。

「……そんな……」

イーゴリが少し気の毒そうな顔をして、

「陛下はたいへんお怒りになり、『パーティーの前に何かがあったら大変だ。できるだけ早くサンクト・ヴァレンスクに戻るように』、との命令を受けました」

「明日の昼、サンクト・ヴァレンスクから自家用ジェットが迎《むか》えに来ます。それに乗ってサンクト・ヴァレンスクにお戻りください。陛下も皇后陛下も、大変ご心配されています」

「明日の昼？　そんな……もう少しだけ、ここに……」

「それは許されません」

ワシリーがきっぱりと言う。

……どうしよう？　このままでは、ラインハルトに会えなくなる……。

本当に平凡《へいぼん》だった僕の人生は、彼がいてくれていた間だけキラキラと宝石みたいに煌《きら》めいていた気がする。

彼とのキス、彼の指で施《ほどこ》される愛撫《あいぶ》を思い出すだけで、胸が痛む。

……ああ、どうしよう？　国に戻ったら女性の結婚《けっこん》相手を見つけなくちゃいけないのに、なんだか彼のことばかり考えてしまう。

「……わかった」

僕はどうすればいいのかを考えながら、二人に微笑《ほほえ》んでみせる。

「わかった。明日の飛行機で帰るよ。……もう準備をしなきゃ」

僕が言うと、二人は慌《あわ》てたように立ち上がる。

「それなら私達はこれで」

「失礼します」

二人は言い、部屋を横切って廊下に出て行く。

……ああ、ラインハルトと離《はな》れ離《ばな》れになると思うだけで、僕は……。

僕は思いながら呆然《ぼうぜん》と立ちすくむ。

……どうしよう……こんな気持ちで離れられるわけがないのに……。

本当なら今すぐにホテルの部屋を飛び出して、彼に会いに走りたい。だけどフロア・コンシエルジェが僕を見逃《みのが》してくれるわけがないし。

……せめて、声だけでも聞けたら……。

僕は携帯《けいたい》電話を取り出し、彼に電話をかけた。

『イリアか？』

呼び出し音が鳴るか鳴らないかの間に、ラインハルトが電話に出る。僕は泣いてしまいそうになりながら、

「この間、抜け出したことをSP達に気づかれました。そのせいで、父に国に戻《もど》ってくるようにと言われています」

僕の言葉に、ラインハルトは息を呑《の》む。それから。

『すぐに行く。少しだけ待っていてくれ』

短く言って電話が切れる。僕は涙《なみだ》が溢《あふ》れるのを感じながら、途方《とほう》に暮れる。

……ああ、僕はいったいどうすればいいいんだろう……？

ラインハルト・フォン・ルーデンドルフ

このホテルには、ルーデンドルフ出身の諜報《ちょうほう》部員がスタッフとして入り込んでいる。私は彼の協力を得てイリアの隣《となり》の部屋を取った。そしてもともとコネクティングルームだった二部屋を繋《つな》ぐドアを使って、イリアの部屋に忍んで行った。

部屋の中にあるドアから私が現れたことにイリアは驚《おどろ》き、そして泣きながら私に抱《だ》きついてきた。

「父親から連絡があって、帰国を早めるように言われてしまいました。明日の昼の飛行機で出発しなくてはなりません」

その言葉に、私は眩暈《めまい》を覚える。イリアは、

「あなたとのレッスンはとても楽しかったです。でも僕、少しも大人になれなくて……」

彼は言って美しい目から煌めく涙を流す。

そして私は、自分がこの麗《うるわ》しく無防備な王子にどんなにのめりこんでしまったかに気づく。

「もう一つ、あなたに告白しなくてはいけないことがあります」

彼は思いつめた顔で私に告白する。

「本当にごめんなさい。僕はサンクト・ヴァレンスクの王室の人間なんです」

私の心臓が、トクンと一つ高鳴った。私は、彼がこのことをカミングアウトしてくれることを心のどこかで望んでいた。

しかし、きっと無理だろうと思っていた。

一国の王子であることは、それほど重いことだと私はよく知っているからだ。

……なのに、彼はきちんとこのことを告白してくれた。とても勇気が要っただろうに。

「でも、僕には王位継承《けいしょう》権はありません。だから普通《ふつう》に恋《こい》をして生きていくこともできます。

……あなたと離れたくない。休暇《きゅうか》になったら、僕の国に遊びに来ていただけませんか？」

かすれた声で囁《ささや》くイリアを見つめながら、私は思う。

……彼は勇気を出して告白してくれた。だから本当なら、私も自分の身分を告白するべきだ。

だが……もしもそれを言えば、私達は二度と会うことすらできなくなる……。

だが、彼の真剣な目を見返していると、もう嘘などとてもつけなくなってしまう。

「私は、君の国に入国することはできないんだ」

私が言うと、彼はとても驚いた顔をする。

「たしかにあなたは国交のないルーデンドルフの人です。でも、ごく最近ですが観光目的の入国は認められるようになりましたし……」

「私も、君に秘密にしていたことがある。私の告白を聞いてくれないか？」

覚悟を決めた私の言葉に、彼はとても心配そうな顔になる。

「なんですか？」

「私の本名はラインハルト・ヴェルナーではない。私の本名はラインハルト・フォン・ルーデンドルフ。ルーデンドルフの第一王子で、王位継承者だ」

彼は愕然《がくぜん》と目を見開いて私を見つめる。

「……ラインハルト・フォン・ルーデンドルフ……あなたが……隣の国の……」

「そうだ。そして私は君がサンクト・ヴァレンスクの第二王子だということに最初から気づいていた」

彼が、とてもショックを受けたような顔になる。

「最初から？」

「そう。最初は無防備な君が可愛《かわい》くて、ついからかってしまった。でも……」

「その先は言わないでください！」

イリアは激しい口調で私の言葉を遮《さえぎ》り、そしてその目から涙を零《こぼ》す。

「……あなたは、僕をからかっていたんですね」

一国の王家の人間である彼には、こうして見ると近寄りがたいようなとんでもないオーラがある。一瞬《いっしゅん》言葉を失った私に、彼は言う。

「出て行ってください。お願いです」

彼は両手で顔を覆《おお》って、今にも死んでしまいそうなかすれ声で言う。

「いろいろなことをありがとうございました。でももう二度と会うことはありません」

その言葉が、私の心臓に矢のように突《つ》き刺《さ》さる。

……ああ、私はイリアのことを、こんなに愛してしまっていたんだ……。

イリア・サンクト・ヴァレンスク

……ラインハルトにからかわれていたことが、本当にショックだ。でも……。

僕は窓の外に広がるサンクト・ヴァレンスクの山々を呆然と眺《なが》めながら思う。

……考えてみれば、彼は僕にレッスンをしてくれていただけ。勝手に本気になってしまったのは僕だ。彼には、何も悪い点はないんだ。

それに気づいた僕は、さらに気分が落ち込んでいくのを感じる。

……本当は、会いたい。

僕は涙をこらえながら、彼を思い出す。端麗《たんれい》な顔、大きな手、そして芳《かぐわ》しいコロン。

……でも……。

王族である僕にとって、国交のない国の王族はとんでもなく遠い人。きっと、もう一生、彼に会うことはないだろう……。

思ったら、なんだか涙が溢れそうで……。

プルル！

僕の思考を、電話の着信音が遮った。一瞬、彼からの電話かと思ってしまい……それから鳴っているのが携帯電話ではなくて、サイドテーブルに置かれた城の中の内線電話だったことに気づく。不思議なほど落胆《らくたん》してしまった自分が……本当に情けない。

……彼はもう遠い人。だから早く忘れなきゃいけないのに……。

僕は手を伸《の》ばして受話器を取り、耳に当てる。

「……はい」

『イリア様』

家令の声が、ちょっと沈《しず》んでいる。彼は僕の様子がおかしいことに気づいていたのか、なんだかずっと心配そうにしてくれている。それがまた申し訳ない。

『レオン様が、仕事の途中《とちゅう》で立ち寄られるそうです。タカヒコ様も一緒《いっしょ》だということですが』

「本当に？　到着《とうちゃく》はいつ」

沈んでいた心が、その二人の名前に少しだけ浮上《ふじょう》する。

兄さんと貴彦さんの親密な様子は、見ていてとても微笑《ほほえ》ましい。二人に会えると思うと、落ち込みを少しだけでも忘れられそうだ。

『あと十分ほどで城に到着するとご連絡《れんらく》がありました。いかがなさいますか？　もしもご気分がすぐれないようなら……』

「大丈夫《だいじょうぶ》。着替《きが》えて階下に下りるよ」

僕の言葉に、家令はホッとしたようにため息をつく。それから、

『でしたらテラスに面した家族用のダイニングがよろしいかと。そちらにお茶の準備をしておきます』

「わかった、ありがとう」

僕は言い、そっと受話器を置く。

……僕の恋は、終わってしまったけど……。

僕はレオンと貴彦さんの様子を思い出して、心が少しだけ温かくなるのを感じる。

……ちゃんと結ばれて幸せそうな二人を見たら、すごく元気をもらえそうだ。

◆

「イリアくん、なんだか疲《つか》れていない？」

貴彦さんは、ダイニングから家令が出て行くなり心配そうに言う。

「顔色がよくないね。仕事をしすぎて寝不足《ねぶそく》になっているとか？」

彼の優しさに、なんだか泣きそうだ。

「……うん、ちょっと疲れてる……みたいなんです」

僕が言うと、貴彦さんの隣《となり》で心配そうにしていたレオンが、驚《おどろ》いたように身を乗り出す。

「父上にこき使われているのか？　つらいならつらいとはっきり言いなさい。俺から父上にしっかり釘《くぎ》を刺して……」

「そうじゃなくて」

レオンの言葉を、僕は慌《あわ》てて遮る。このままじゃ父さんがひどい目に遭《あ》いそうだ。

「少しだけ、人間関係で悩《なや》んでることがあって……ちょっと寝不足かなって……」

僕は言うけれど、レオンがみるみる怒《おこ》った顔になるのを見て言葉を切る。

「悩んでいること？　俺に言ってみなさい。いったい誰《だれ》に何をされた？」

地の底から響《ひび》いてくるような低い声に、僕は思わず椅子《いす》の上で後退《あとずさ》る。貴彦さんが呆《あき》れた顔になって、

「レオン、イリアくんが怯《おび》えているだろう」

とがめるように厳しい声で言い、それから僕の顔を覗《のぞ》き込んでくる。

「僕もレオンも、口の堅《かた》さには自信がある。心配しないで、何があったのかを教えてくれないかな？」

優しい声で言われて、あたたかく微笑まれ……いきなり目の奥が痛む。そして知らない間に涙《なみだ》が溢《あふ》れ、頬《ほお》を滑《すべ》り落ちる。

「イリア！　いったい何が……」

「レオン！」

貴彦さんが、怒《いか》り狂《くる》いそうなレオンを一喝《いっかつ》で黙《だま》らせる。それから席を立って僕の椅子のすぐ脇《わき》にしゃがみ、手を握《にぎ》ってくれる。

「何があったの？　よかったら聞かせてくれないか？」

ひんやりとした美しい手が、僕の手をキュウッと握り締《し》める。

「ごめんなさい、急にこんな……」

僕が言うと、レオンが深いため息をついて、

「俺が来たのは、父上と母上に連絡をもらったからだ。休暇《きゅうか》でニースに行って以来、おまえの様子がおかしいと」

その言葉に、僕はギクリとする。

「……父さんと母さんは気づいてたの……？」

言うと、レオンはうなずいて、

「家族なんだ。当然だろう？」

僕を真っ直《す》ぐに見つめて、

「いったい何があったんだ？　よかったら話してごらん。ああ……」

なぜか前髪《まえがみ》をかき上げてため息をつくと、

「もしも俺に言いづらければ、タカヒコにだけ話してくれてもいい。俺は無愛想《ぶあいそう》で話しづらいと、タカヒコにいつも言われているんだ」

レオンの言葉に、僕は小さく笑ってしまう。だけど……。

「レオンも一緒でいいよ、もちろん。……でも、もうすべてが終わった話だから」

僕が言うと、貴彦さんは僕を見上げて言う。

「もしもすべてが綺麗《きれい》に解決していれば、君はこんなふうに悩んだりしないと思う」

きっぱりと言われた彼の言葉に、僕は驚いてしまう。

……そう……なんだろうか？

僕は、ひざまずいた彼を見下ろしながら思う。彼の黒い瞳《ひとみ》の中には強くて、そして優しい光があって……僕は改めて、レオンとこの人が結ばれてよかったと思う。

「そう……ですよね。そうしたら、聞いてもらえますか？　両親には、あまり相談できることではないんです」

僕は言い、二人がうなずいたのを見て勇気づけられる。

「ニースの別荘《べっそう》のパーティーで、ある人に出会ったんです。サンクト・ヴァレンスク王宮主催《しゅさい》のパーティーのことばかり考えていた僕は、すごく大人っぽいその人に目を奪《うば》われました」

僕は彼に出会ったあの日のことを思い出し……胸がきつく締め付けられるのを感じる。

「だからその人と話した時に、もっと大人になりたいって言ってしまいました。その人は、僕に、大人になる方法を教えてあげようか？　って言ってくれて……」

「……なんだと……？」

レオンが眉《まゆ》をひそめたのを見て、思わず言葉につまる。

「レオン」

貴彦さんが言い、レオンが動揺《どうよう》した顔をする。貴彦さんは僕を励《はげ》ますように微笑《ほほえ》んで、

「大丈夫だよ、続けて」

彼の優しい声に励まされて、僕は続きを話し始める。

「そして彼は、僕に、大人のキスを教えてくれたんです。だけど会うたびにキスをしているうちに……いつの間にか、彼に恋《こい》をしていることに気づいたんです」

二人は、驚いたような顔で僕を見つめている。貴彦さんが、

「……彼……？」

かすれた声で言う。僕はうなずいて、

「ごめんなさい、僕は女性と恋に堕ちて、普通《ふつう》の結婚をして、世継《よつぎ》を作るつもりだった。なのに……相手は……」

「イリアくん」

貴彦さんが、苦しげな顔で、

「よく告白してくれたね。私も、そのことではとても悩んだ。でも、最終的には恋をするのに性別は関係ないって思ったんだ」

恋の先輩《せんぱい》にもあたる彼の言葉が、僕の胸にしみてくる。

……だけど……。

「ごめんなさい、この話には、まだ続きがあるんです」

「続き？」

貴彦さんが驚いた顔をする。僕はうなずいて、

「僕は彼のことをずっと実業家だと思っていました。たしかに実業家というのは本当だったんですが、彼にはもう一つの顔があったんです。彼は……」

僕は深呼吸をして覚悟《かくご》を決め、本当のことを告白する。

「……ルーデルドルフの第一王子、ラインハルト・フォン・ルーデンドルフだったんです」

「なんだと？」

レオンが椅子から立ち上がり、愕然《がくぜん》とした顔で僕を見下ろしてくる。

「まさか、そんな……」

僕はレオンにうなずいてみせる。

「もちろん、わかってる。どんなに好きでも、ルーデルドルフの王子とサンクト・ヴァレンスクの王子が結ばれることなんか有り得ない。僕がショックを受けたのは……」

僕はあの時の気持ちを思い出し、泣きそうになりながら言う。

「……彼が、最初からそれを知っていたことなんだ」

レオンと貴彦さんが、何も言わずに呆然《ぼうぜん》と僕を見つめる。しばらくしてからレオンがかすれ

た声で呟《つぶや》く。

「……ルーデンドルフの王子は、おまえの気持ちを弄《もてあそ》んだのか……？」

「……ひどい……」

貴彦さんが、怒りに満ちた声で呟く。

「……恋のレッスンとか言いながら近づいたのは、君をからかうつもりだったの？　それとももっと政治的な背景が……」

「政治的なものは関係ないと思います。彼とはそんなことは一度も話したことはなかったし」

僕は慌《あわ》てて言い、それから自嘲《じちょう》的な気持ちになって言う。

「きっと、単純にからかいたくなったのだと思います。隣国《りんごく》の王子がふらふらとパーティーに現れて、話せばすごい世間知らずで……でも……」

目の奥がギュッと痛んで視界がふわりと曇《くも》る。

「……僕は、それを本気にしてしまって……」

「……イリアくん……」

膝《ひざ》の上で握り締めた拳《こぶし》に、貴彦さんの手がそっと重なってくる。

「……もしも運命なら、二人はまた会える。いいね？」

……ああ、本当にそうならいいのに……。

ラインハルト・フォン・ルーデンドルフ

……あれから、もう何も考えられない……。

ニューヨーク、マンハッタンにあるヴェルナー貿易本社。ビルの最上階にある社長室で機械的に仕事をこなしながら、私はため息をつく。

……私の心のすべては、あの麗《うるわ》しい青年に奪われてしまった。今の私は、ただの抜《ぬ》け殻《がら》だ。

最初は、あまりにも無防備な彼のことを放っておくことができなかった。半分冗談《じょうだん》のようにして誘《さそ》い、彼にキスをした。しかし二人きりの逢瀬《おうせ》を重ねるたびに私は夢中になり……今はもう、イリアのことしか考えられない。

……もう、忘れなくてはいけない。最初から、会うべき人ではなかったんだ。

私は自分に言い聞かせようとするけれど……心はどうしてもそれを受け入れない。彼に会いたい、彼の声が聞きたい、そればかりを叫《さけ》びつづけている。

……だが、彼はもうサンクト・ヴァレンスクに帰ってしまっただろう。本当なら追って行って彼の部屋の窓の下で「愛している」と何百回でも叫びたい。だが……ルーデンドルフの王族の私が、サンクト・ヴァレンスクに無理やり入国しようとすれば、確実に国際問題になる。

……王子になど、生まれなければよかった……。

私は、生まれて初めてそう思う。

……もしも二人がこんな身分でなければ、私は彼を絶対に放さなかった。何かのすれ違《ちが》いで喧嘩《けんか》をしても、「愛している」と何百回でも囁《ささや》いて抱《だ》き締《し》め、愛を証明してみせる。

……どうして、私も彼も、王家の人間として生まれてしまったのだろう……？

今までの私は、自分がすべてを持って生まれた恵《めぐ》まれた人間のように思ってきた。どんな人にも愛され、望めばどんなことでも思い通りになるだろうと思っていた、だが、それはきっと現実を知らなかったというだけだ。

……恋というのは、人をこんなにも苦しませるものだったのか……。

プルル！

デスクの上に置いた内線電話が着信音を奏でる。受話器を取ると、秘書のワグナーの声が、

『社長、気になる情報が入ってきました。サンクト・ヴァレンスク王室に関することです』

彼の言葉に、私は鼓動《こどう》が不吉《ふきつ》な予感に速くなるのを感じる。

「すぐに報告してくれ」

言って受話器を置き、ドアを見つめる。軽いノックが響《ひび》き、ドアが開く。

「失礼いたします」

入った来たのは銀縁《ぎんぶち》眼鏡をかけた金髪《きんぱつ》の青年。私の秘書のエリク・ワグナー。かなり無愛想《ぶあいそう》だがとても使える秘書だ。彼は社長室に入ってきて真っ直《す》ぐ私のほうに向かって歩いてくる。

「報告というのは？」

私が言うと、彼は無感情な顔のまま、

「サンクト・ヴァレンスク王宮主催《しゅさい》のパーティーの日時が、正式に決定したそうです。今週の土曜日、ちょうど五日後です」

……五日後……。

私は、絶望的な気分でその言葉を心の中で繰《く》り返す。

……イリアは、王宮主催のそのパーティーで、相手を見つける。そしてきっと、すぐに婚約《こんやく》してしまうだろう。私との時間をできるだけ早く忘れるために。

「……五日後か……」

私が知らずに呟くと、ワグナーは鹿爪《しかつめ》らしい顔のまま、

「もう一つ、情報があります。役に立つかはわかりませんが」

「なんだ？」

「イリア・サンクト・ヴァレンスクの兄、王位継承《けいしょう》者のレオン・サンクト・ヴァレンスクが、本名ではなく通り名を使って実業家をしていることはご存知ですね？　ヴァレンスキー貿易の取締役《とりしまりやく》社長、レオン・ヴァレンスキーです」

「ああ、もちろん知っている」

私はその名前に、思わず眉《まゆ》を寄せる。実業界の人間の中でその名前を知らない人はいないだろう。だが、彼がサンクト・ヴァレンスクの王位継承者であることを知る人間はほとんどいないはずだ。しかし、私は彼がサンクト・ヴァレンスクの第一王子であることを、昔から知っていた。彼に関する情報は、ルーデンドルフの諜報《ちょうほう》部から逐一《ちくいち》入ってきていたからだ。

しかも、彼とはパーティーで何度か会ったことがある。私も彼も欧州《おうしゅう》社交界のパーティーにはほとんど参加していないが、実業家として世界中を飛び回っているせいで、何度か鉢合《はちあ》わせをした。あちらが私の素性《すじょう》を知っているかどうかは知らないが、ともかく取締役として名刺《めいし》を交換《こうかん》したことがあるし、その後も無視することもできずに何度か言葉を交《か》わした。王位継承者らしい煌《きら》めくオーラを持った迫力《はくりょく》のある男で、威圧感《いあつかん》も大きい。とても友人になれるような雰《ふん》囲気《いき》ではないので、本当に社交辞令程度だが。

……ふんわりとした柔《やわ》らかな雰囲気のイリアが、あの男の弟だなんて、ずっと信じられなかった。逞《たくま》しい身体《からだ》と精悍《せいかん》な顔つきをした男神のような彼と、透《す》き通る肌《はだ》と繊細《せんさい》な顔立ち、しなやかな身体をしたイリアとはなんの共通点もなかったからだ。

「レオン・ヴァレンスキーが、どうかしたのか？」

私は、胸が激しく痛むのを感じながら聞く。もしもレオンの居場所がわかれば、イリアへの伝言が頼《たの》めないかとも思ってあらゆる手を尽《つ》くして彼の行方《ゆくえ》を捜《さが》していたが、世界中を飛び回る彼の行き先など、誰《だれ》も知らなかった。

「彼は今、このニューヨークにいます」

ワグナーの言葉に、私は慌てて顔を上げる。

「それはたしかな情報なのか？」

「はい」

ワグナーはうなずいて、

「アメリカ大統領の秘書官から直々《じきじき》に聞いた情報です。確実だと思われます」

ワグナーは手に持っていた分厚いシステム手帳を開いて目を落とす。

「レオン・ヴァレンスキー……本名レオン・サンクト・ヴァレンスクは、明日の十二時にフランスの首相と会食をする予定です。場所はオテル・ド・パリのメインダイニングです」

ワグナーは顔を上げ、私の表情を見て眉をひそめる。

「ああ……言っておきますが、首相との会食に突入《とつにゅう》するのはやめてください」

「なぜだ？　首相とは物心ついた頃《ころ》からの知り合いだし、お互《たが》いの家族と一緒《いっしょ》に別荘《べっそう》で休暇《きゅうか》を過ごしたこともある。レオン・ヴァレンスキーとは親しくはないが、少なくともパーティーで何度か顔を合わせたことがある。……私を止めようとしても無駄《むだ》だ」

私が言うと、ワグナーは深いため息をついて、

「ご心配なさらずとも、レオン・サンクト・ヴァレンスクは、少し前からヴァレンスキー貿易

のパリ本社に赴任《ふにん》してきています。これはビルの警備員からの情報ですので確実かと」

ワグナーは今は優秀《ゆうしゅう》な秘書だが、元はルーデンドルフ諜報部にいた人間。独自の情報ルートを持っていて、頼《たよ》りになることこのうえない。

「さらに補足ですが、彼は最近オテル・ド・クリヨンのバーに姿を現すことが多いようです」

「わかった。ヴァレンスキー貿易パリ本社の電話番号を調べてくれないか？」

私が聞くと、ワグナーはうなずいて、

「調べてあります。……どうぞ」

彼が渡《わた》してくれたメモを見ながら、

「彼に連絡《れんらく》をしてアポイントメントを取る。時間が決まったら仕事の調整をしてくれ」

「かしこまりました」

「時間に関しては後で報告しよう。……電話をかける。レオン・サンクト・ヴァレンスクに」

私が言うと、ワグナーは顔を引き締め、胸に手を当てる正式礼をする。

「御意《ぎょい》」

……サンクト・ヴァレンスクに戻《もど》ってしまったイリアを、私が訪ねることは不可能だ。レオン・サンクト・ヴァレンスクは、私にとって最後の希望。

私は祈《いの》るような気持ちで、イリアの顔を思い浮《う》かべる。

……一目でもいい、君に会いたいんだ、イリア……。

目を閉じて深呼吸をする。

◆

「ミスター・ヴェルナー」
後ろから聞こえた低い声。彼からの返答を待ちわびていた私は、覚悟《かくご》を決めるために思わず
パリ、オテル・ド・クリヨンのバーカウンター。窓の外には夕暮れのオレンジ色に染まった
コンコルド広場が広がっている。
レオン・サンクト・ヴァレンスクにイリアに対する気持ちを告白した時点で、私はすでに覚
悟を決めたはずだった。サンクト・ヴァレンスク王家が珠玉《しゅぎょく》のように大切に育ててきた第二王
子を、国交のない隣国《りんごく》の、しかも遊び人といわれた王子の恋人《こいびと》にさせるわけがない。
……これは、あの麗《うるわ》しく愛おしいイリアをあきらめるための最後の儀式《ぎしき》だ。
私は悲痛な気持ちになりながらゆっくりと振《ふ》り返り……そしてそこに立っていたのがレオ
ン・サンクト・ヴァレンスク一人ではなかったことに驚《おどろ》く。
ダークスーツを着こなした逞しいレオン・サンクト・ヴァレンスクに寄り添《そ》うようにして、
ほっそりとした一人の男が立っていた。スタイリッシュなスーツを着こなした黒髪《くろかみ》の美青年で、
象牙《ぞうげ》のように白く滑《なめ》らかな肌と静謐《せいひつ》な雰囲気からして、アジア系だろう。長い睫毛《まつげ》の下の黒い

瞳《ひとみ》がとても色っぽい青年で、レオンと彼が二人並んだところは……やけにしっくりとして絵になる。

……まさか……。

私は少し呆然《ぼうぜん》としながら思う。

……レオン・サンクト・ヴァレンスクはゲイで、この青年は彼の恋人か……？

「個室のソファにでも移動しませんか？　話が少し長くなりそうです」

レオン・サンクト・ヴァレンスクが言い、私はまだ呆然としたままうなずく。レオン・サンクト・ヴァレンスクはウエイターに合図を送って席を用意させ、私達はＶＩＰしか使うことのできない個室に通される。

私とレオンは向かい合わせのソファに座り、黒髪の青年はレオンの隣《となり》に座る。彼の苦しげな顔から、イリアがどう話したのかがうかがえる。

……イリアはきっと、とても傷つき、どうしようもなくなって彼に相談したのだろうな。

ウエイターが飲み物を運んできてローテーブルに置き、部屋を出て行く。ドアが閉まったのを確認して、レオンが言う。

「まずは紹介《しょうかい》します。彼は友人のタカヒコ・アオヤマ。イリアとも親しい間柄《あいだがら》で、イリアから直接今回の事情を聞いています。あなたの話をぜひ聞きたいというので連れてきました。……かまいませんね？」

威圧《いあつ》的な口調で言われて、私はうなずく。

「もちろんです。なんでも聞いてください」

「では」

貴彦は鋭《するど》い目で私を真っ直ぐに見つめて、

「実のお兄さんであるレオン・サンクト・ヴァレンスク氏では聞きづらいと思いますので、私から。……あなたは、イリアに、何をしたんですか？」

「その前に聞かせて欲しい」

私は耐《た》えられなくなって彼に言う。

「イリアは元気にしていますか？」

私はイリアの顔を思い出して、胸がきつく痛むのを感じる。

「……彼はとても繊細な人だ。まだ苦しんでいないかどうかが心配です。私との時間など忘れて元気にしてくれていれば、それが一番なんですが……」

……本当に、それが一番なんだ。だが……。

「自分のことを忘れて欲しいと思っているんですか？　自分がしたことも含《ふく》めて？」

貴彦が鋭い声で言う。私はかぶりを振り、正直に話す覚悟を決める。私は眉をきつく寄せて言葉を発しなくなったレオンと、怒《いか》りに目を煌めかせた貴彦を見比べる。

「包《つつ》み隠《かく》さずに言いましょう。……私はイリアを愛しています。二人一緒に過ごした日々のことを、何一つ忘れて欲しくない。許されるなら今すぐにでも彼を迎《むか》えに行きたい」

私の言葉に、二人は顔を見合わせる。それからレオン・サンクト・ヴァレンスクが、

「あなたに提案したいことがある」

私は驚き、そして彼の言葉に耳を傾《かたむ》け……。

イリア・サンクト・ヴァレンスク

「本当に素敵《すてき》なお嬢《じょう》さんばかりなのよ！」

ドレスに着替《きが》え、髪《かみ》を結い上げて準備万端《ばんたん》の母さんが、はしゃいだ様子で言う。

「あなたのお嫁《よめ》さんになるのに相応《ふさわ》しい、歴史のある家柄《いえがら》の方ばかりだし！」

僕はシルクの蝶《ちょう》ネクタイを結びながら、鏡越《ご》しに彼女に笑いかける。

「本当ですか？　お会いできるのが楽しみです」

控《ひか》え室で同じように準備をしていたレオンと貴彦さんが、少し心配そうにチラリとこちらを振り返っているのが見える。

「さあ、舞踏《ぶとう》室に行きましょう、イリア。レオン、タカヒコ、あなた方の準備はいかが？」

母さんが言い、貴彦さんがにっこりと微笑《ほほえ》む。

「準備はできています。よかったらエスコートさせてください」

「ああ……本当に優《やさ》しい人ね、タカヒコ」

母さんは蕩《とろ》けそうな笑顔で貴彦さんを見る。

　僕がお城を空けている間に、兄さんは貴彦さんを父さんと母さんに紹介していた。もちろん、将来を誓い合った恋人だと知られたら大変なことになるから、まずは友人として、だけど。父さんと母さんはサザンクロスの優秀な鑑定士《かんていし》である貴彦さんのことを以前から知っていて、彼がどんなに老富豪《ふごう》達から愛されているかも聞いていたらしい。二人はすぐに貴彦さんのことを気に入り、パーティーの招待状を出すようになった。レオンは貴彦さんと二人でいられる時間を楽しみたいから渋《しぶ》っているみたいだけど、もともと年上の人をすごく大切にする貴彦さんに叱《しか》られて、渋々《しぶしぶ》パーティーに参加している。まあ、いつかはカミングアウトするつもりみたいだし、自分の両親と自分の恋人が仲良くしているのを見るのは、実はかなり嬉《うれ》しそうなんだけど。


「俺も行こう。……イリア、おいで」

　レオンが言って、母さんを優雅《ゆうが》にエスコートしている貴彦さんに続く。過保護な兄さんは美しい恋人がほかの男から口説かれないかといつも心配みたい。

「……本当に……なんて素敵な二人なんだろう……？」

　僕は、思わず呟《つぶや》く。隣を歩いていた家令がにっこり笑って、

「イリア様にも、すぐに素敵な人が現れますよ」

　楽しそうに言う。彼は、どうやらレオンと貴彦さんが恋人同士であることを知っているらしい。まあ、この城内で、彼に秘密にできることなんか、何一つないんだけど。

「そう……だよね」

僕は胸が激しく痛むのを感じながら答える。

◆

「イリア様、近くで拝見すると本当に可愛《かわい》いのね」

「可愛いなんて失礼よ。綺麗《きれい》と言って」

「イリア様、私と一緒《いっしょ》にテラスに出ません？　ここはなんだかうるさいわ」

迫力《はくりょく》あるドレス姿の女性達にいっせいに話されて、僕は気圧《けお》され、薄笑《うすわら》いを浮《う》かべることしかできなかった。

舞踏室に集まっていたのは、世界中から選りすぐりの美しいお嬢様《じょうさま》ばかりだった。しかも紹介されたのを聞くと、とんでもなく古い由緒《ゆいしょ》正しい家柄の人ばかり。王族の仲間入りをするには、きっと全員が相応しいだろう。

舞踏室に入ったとたん、僕は彼女達に取り囲まれた。そして、興味深げに眺《なが》め回され、話しかけられ、お酒を飲まされている。

本当なら、大人っぽくエスコートしたり、楽しく盛り上げなくてはいけないのに……気持ちは落ち込むばかり。

……ラインハルトに会いたい。あと一目だけでもいいから……。

僕はなんだか泣きそうになりながら思う。

……でないと、僕は……。

舞踏室に、りんりん、という涼《すず》しい鈴《すず》の音が響《ひび》いた。鳴らしたのはドアのそばにいるフットマンで、王族が到着《とうちゃく》したときにそれを鳴らし、到着した人の身分を叫《さけ》ぶんだ。

……普段《ふだん》なら、一回か二回なんだけど、今日は数え切れないほど聞いている。それだけの王族がここに集まっているということで……。

「ルーデンドルフ王国より、ラインハルト・フォン・ルーデンドルフ殿下《でんか》、ご到着です！」

フットマンの叫んだ声に、僕はぎくりと震《ふる》えてしまう。

……えっ？

その場に固まったまま、僕は呆然《ぼうぜん》と目を見開く。

……まさか、そんな……僕、彼が恋《こい》しすぎておかしくなっちゃったんだろうか……？

「……ああ……あの方が……？」

「……ほら、こっちにいらっしゃるわよ……」

「……まあ、なんて素敵な方なのかしら……」

女性達が、僕のことなんかとっくに忘れたかのように、ドアのほうを見つめてうっとりと囁《ささや》きあっている。

「……イリア」

後ろから聞こえてきた声に、僕は再び震える。

……まさか、そんな……。

夢を見ているような気分で思い、それから覚悟《かくご》を決めて後ろを振《ふ》り返る。

「……あ……っ」

そこに立っていたのは、夢ではなく本物のラインハルトだった。逞《たくま》しいスタイルで完璧《かんぺき》に燕《えん》尾服《びふく》を着こなした彼は、なんだか見ているだけで泣いてしまいそうなほどに麗《うるわ》しくて……。

「……どうして……ここに……？」

僕の唇《くちびる》からかすれた声が漏《も》れた。彼は真面目《まじめ》な顔のまま、

「君の兄上……レオン・サンクト・ヴァレンスク氏が、正式に招待してくれた」

「……レオンが？　どうして……？」

「彼とは、実業家のパーティーで何度か会ったことがあって以前から知っていた。もちろん顔見知り程度だが。……だが、君に会うために彼に連絡《れんらく》を取った」

そして、強い光を浮かべた茶色の瞳《ひとみ》で真っ直《す》ぐに僕を見つめる。

「話がある。少しいいかな？」

僕はまだ呆然としたままうなずき、レオンにうっとりと見とれてしまっている女性達に一言断ってから彼と一緒に歩きだす。

「……イリア」

いつの間にかそばに来ていたレオンが、威嚇《いかく》するような厳しい顔でラインハルトを見ながら言う。

「話をするために、部屋を一つ準備させた。何かあったらすぐに逃《に》げるんだぞ」

レオンの隣《となり》にいる貴彦さんが、

「ともかく。きちんと話をしたほうがいいよ」

優しく言ってくれて、僕は泣きそうになる。

◆

僕とラインハルトが家令に案内されたのは、国賓《こくひん》用に用意されていた贅沢《ぜいたく》な客室だった。

「イリア、どうか私の話を聞いて欲しい」

彼が僕をソファに座らせ、そして自分は僕の足元に古《いにしえ》の騎士《きし》のように跪《ひざまず》く。

「わ……わかりました……」

僕は、どんな話をされるんだろうと緊張《きんちょう》してしまいながら答える。

……ああ、彼が別れを告げに来たのだったらどうしよう？

思っただけで全身から血の気が引くみたいだ。

……でなければ、好きでもないのにあんなことをしてすまなかった、って謝られたら……？

「初めて見た瞬間《しゅんかん》から、私は君がサンクト・ヴァレンスクの王子だと気づいていた。本当は近づくべき人ではないこともわかっていた。だが……」

彼は茶色の瞳で僕を真っ直ぐに見つめていた。

「……私は、どうしても自分を制御《せいぎょ》することはできなかった」

彼の言葉は血を吐《は》くみたいに苦しげで、胸がとても痛む。

「男達に囲まれた君を見て、どうしても放っておけなくて連れ出してしまった。そして純粋無垢《じゅんすいむく》な君があまりにも可愛くて、大人になるためのレッスンなどと言いだしてしまった」

彼がしてくれたレッスンを思い出し、身体《からだ》の奥に火が灯《とも》る。彼の愛撫《あいぶ》はそれほど巧《たく》みだったんだ。

「君を知るにつれ、麗しく可愛らしい君のことがどんどん好きになった。君といる時間は何にも代えがたいほどに素晴《すば》らしく、私は君と出会えたことは定められた運命なのだと思った。君は友好条約のない隣国《りんごく》の王子。本当なら許されない恋でも、運命ならば乗り越《こ》えられると思ったんだ。だが……」

彼の瞳が、僕を真っ直ぐに見《み》つめる。

「君には別れを告げられてしまった。私達が互《たが》いに運命の恋人《こいびと》ではなかったことが、死んでしまいそうにつらかった」

久しぶりに会った彼は、頬《ほお》がますます引き締《し》まり、その目には何かを思いつめているかのような鋭《するど》い光が浮かんでいた。

「君が誰《だれ》だろうと……心から愛している、イリア。この言葉には、なんの偽《いつわ》りもない」

彼の声はとても苦しげで……その言葉が嘘《うそ》ではないことを表していた。

「僕は……」

僕は、どうしようもなくなって自分の正直な気持ちを告白する。

「あなたを知るに連れてどんどん好きになりました。あなたのことしか考えられなくなって、本当はずっと一緒にいたかった」

僕が言うと、彼は覚悟を決めたかのように眉《まゆ》を寄せる。僕は、

「あなたが僕の素性《すじょう》を最初から知っていたと聞かされて、ずっとからかわれていたんだと思いました。そう思ったら、つらくて、悲しくて……」

あの気持ちを思い出すだけで、自然に涙《なみだ》が溢《あふ》れてしまう。

「僕は、いつのまにか……あなたのことを深く愛してしまっていたんです」

「それなら、なぜ……」

ラインハルトが僕を見つめたままで言う。

「……私に別れを告げたんだ？　隠《かく》し事をするような男だと知って、幻滅《げんめつ》して、気持ちが変わってしまった？」

その言葉に、僕は慌《あわ》ててかぶりを振ってみせる。

「いいえ、隠し事をしていたのは僕も同じです。そうではなくて……」

僕は、自分に課せられた大きな義務を思ってため息をつく。

「僕は、サンクト・ヴァレンスクの将来のために、結婚《けっこん》して、跡取《あとと》りを作らなくてはいけないんです。だから……もし好きでなくてもどこかの女性と結婚するべきだと思いました」

「どうして？　第一王子はレオンだろう」

彼が愕然《がくぜん》とした声で言う。僕は少し迷い……それから、正直に告白する。

「レオンには、将来を誓《ちか》い合った男性の恋人がいます。とても愛し合っているけれど、子供はできません。それに、レオンはタカヒコさんのためには王位継承《けいしょう》権を捨ててもいいと言っているんです」

僕の言葉に、ラインハルトは深いため息をつく。

「君がとても優《やさ》しい子であることはわかっている。だが、それはレオンが責任を持って考えるべきこと。王位継承も、もちろんレオンがすべきだ」

彼のきっぱりした言葉に僕は驚《おどろ》いてしまう。

「タカヒコくんという彼は、一般《いっぱん》の人なんだろう？　だったら表向きは独身を通し、私生活では彼を伴侶《はんりょ》にすればいい。血縁《けつえん》者の家から養子を取ることは難しいことじゃない。サンクト・ヴァレンスク王家には親類も多いはず。歳の若い従弟《いとこ》もいるだろう？」

彼の言葉に、僕は呆然としながらうなずく。

「そういえば……従弟はたくさんいます。ほとんどが結婚して子供もいます。一番上が十二歳、一番小さい子はやっと歩けるようになったばかりで、本当に可愛《かわい》くて……」

「その子達の中から、次の王位継承者を選ぶこともできる。長い歴史の中では珍《めずら》しいことではないだろう？」

彼の言葉に、僕は呆然とし……それからうなずく。

「たしかにそうです。僕、焦《あせ》って思いつきませんでしたが……」

「レオンのことはよく知っている。彼ならきちんとやるだろう」

ラインハルトの力強い言葉に、僕は座り込みそうになる。……僕は一人で思い悩《なや》んでいたけれど、レオンは僕よりもずっと大人だし、何もかも完璧にこなす人だ。きっと王位を継承してもタカヒコさんと幸せになれるはずだ。

「レオンなら、男同士の結婚を認めるという法律を作るかもしれません」

僕が言うと、ラインハルトはにっこりと微笑《ほほえ》む。

「その法案なら、私も議会に提出したところだ」

彼は言い、それから真面目な顔になって、

「君を愛している、イリア。私とでは茨《いばら》の道を歩くことになるかもしれない。だが、私はどんなことをしてでも君を守る。だから……私の伴侶になってくれないか？」

僕は涙を流しながら、彼の手を取る。

「僕もあなたを愛してしまいました。僕を、あなたのものにしてください」

ラインハルトは僕の手を握《にぎ》り、そして立ち上がってしっかりと僕を抱《だ》き締めてくれる。それから、

「今すぐに特別入国ビザを用意させる。だからこのまま私の国に行こう。君のご両親がいる宮《きゅう》殿《でん》で君を抱《だ》くのはさすがに気がとがめる」

僕は彼の提案に胸を熱くし……それから深く頷《うなず》いた。

◆

「……ああ……ああ……っ！」

僕のこらえきれない喘《あえ》ぎ声が、お城の高い天井《てんじょう》に響《ひび》いている。

彼はあのまま僕をさらってリムジンに乗せた。そして僕は、自家用ジェットで彼の国に連れてこられてしまったんだ。

レオンには連絡《れんらく》をしたから、きっと父さんと母さんにうまく言ってくれているだろう。

ここはラインハルトが持っているという、ルーデンドルフ市の郊外《こうがい》にある美しい宮殿《きゅうでん》。

彼の広々とした居室に入った瞬間《しゅんかん》に僕は抱《だ》き上げられ、そしてベッドまで運ばれて押《お》し倒《たお》さ

れた。

彼は獰猛《どうもう》な野獣《やじゅう》になって僕が身につけているものをすべて奪《うば》った。一糸まとわぬ裸《はだか》になった僕の上に、上着を脱《ぬ》ぎ捨《す》てただけで端正《たんせい》な正装のままの彼が顔を埋《うず》めている。

「……ダメ……そんなとこ……んん……！」

彼の舌が、僕の尖《とが》りきった乳首を容赦《ようしゃ》なく愛撫《あいぶ》する。下に伸《の》ばされた手が、反り返って蜜《みつ》を垂らす屹立《きつりつ》をゆっくりと扱《しご》き上げている。

「……ダメ……乳首……んん……っ！」

僕の唇《くちびる》から漏《も》れるのは、恥《は》ずかしい喘ぎ。だけど、愛する彼に抱かれる快感に、僕はもう何も考えられない。

僕の先端《せんたん》のスリットから、トクリとたくさんの先走りが溢《あふ》れる。彼の指が、張《は》り詰《つ》めた僕の先端にそれをヌルヌルと塗《ぬ》りこめる。

「……先、ダメ……出ちゃう……っ」

彼がふいに身を起こし、身体《からだ》を下にずらす。そのまま屹立を口腔《こうこう》に含《ふく》まれて……。

「……アアッ！」

彼の舌が、敏感《びんかん》な先端の表面をゆっくりと往復する。

「……ん……いやあ……」

「嫌《いや》？　本当に？」

彼が先端に唇を触《ふ》れさせたままで囁《ささや》いてくる。

「本当に嫌なら、すぐにやめてあげるよ。どうしたい？」

セクシーな声に、身体と心が熱くなる。

「……あ……やめ……」

僕の唇から、かすれた声が漏れる。

「ん？　それだけではわからない。やめて欲しい？　それともやめないで欲しい？」

意地悪な言葉と甘い声。うながすように先端にキスをされて、もう我慢《がまん》なんかできなくなる。

「……やめないで……」

僕の唇から、本当の気持ちが漏れた。

「……もっと、めちゃくちゃにして……」

彼が小さく息を呑《の》み、苦笑にしてそれを吐《は》き出す。

「そんなことを言ったら、本当にめちゃくちゃにされてしまうよ」

彼の美しい茶色の瞳《ひとみ》が、切ない光を浮《う》かべて僕を見つめる。

「私はもう、限界なんだ。乱暴にしてしまうかもしれない」

「……乱暴でもかまわない……」

僕は彼を見つめ返しながら囁く。

「あなたの好きなようにして欲し……ああっ……！」

言葉が終わらないうちに、僕の屹立が彼の口腔に包み込まれた。そのまま責めるように激しく愛撫され、僕の先端から、激しく蜜が迸《ほとばし》った。

「……くう、んん……！」

彼は僕の蜜を口ですべて受け止め、僕の両脚《りょうあし》を大きく広げる。そのまま顔を近づけ、熱い蜜を僕の隠《かく》された蕾《つぼみ》にゆっくりと流し込む。

「……あ、ああ……っ！」

舌で探られ、指で花びらを解されて、僕の身体の深い場所から快感が湧《わ》き上がる。

「……君のすべてが欲しい。君は？」

熱い声で囁かれ、僕は必死でうなずく。

「僕もあなたが欲し……あっ！」

僕の蕩《とろ》けた蕾に、熱くて硬《かた》いものがギュッと押し付けられる。そしてそのまま僕の深い場所まで犯して……。

「……ああ、ラインハルト……」

僕は喘ぎながら、とても逞《たくま》しい彼を受け入れていく。

「愛している、イリア……」

彼が甘い声で囁いて、僕をしっかりと抱《だ》き締《し》める。そして……。

「……ああ……ああ……っ！」

彼の逞しい屹立が、僕の深い場所までを抽挿《ちゅうそう》する。

嵐《あらし》の船のように揺《ゆ》れるベッド、高くなる鼓動《こどう》、そして快楽が目の前を白くして……。


「んん……っ！」

僕の先端から、激しく蜜が迸る。

「……愛している、イリア……」

彼がかすれた声で囁き、そして僕の深い場所に熱い欲望《よくぼう》の蜜が撃《う》ち込まれる。

「まだだ」

彼が、甘い声で囁いてくる。

「夜が明けるまでに、何十回でも一つになりたい」

そのセクシーな声に、僕の屹立がびくりと震《ふる》えてしまう。

「僕も、何十回でも一つになりたい」

彼の逞しい腕《うで》が僕を抱き締める。

そして僕らは愛する人としか行けない高みに駆《か》け上り……。

◆

そして僕は、社会勉強ということでラインハルトの宮殿で暮らし始めた。

ラインハルトの両親にも会ったけれど、本当にいい人たちで、僕の滞在《たいざい》を歓迎《かんげい》してくれた。

そこで聞いたんだけど……二国間の争いの発端《ほったん》は、ある大粒《おおつぶ》のルビーだったらしい。

「これが、そのルビー？」

僕は、レオンが持ってきた宝石ケースを開きながら言う。

そこにあったのは、直径が三センチはありそうなほどの巨大《きょだい》なルビー。形は真円で、カボッションカットといわれる、横から見たアイスクリームのような半球形のカットが施《ほどこ》されている。

ピジョンブラッドと呼ばれる透明感《とうめいかん》のある真紅《しんく》で、とても価値の高いものだと解《わか》る。

「これは、私の会社……サザンクロスの金庫に長い間眠《ねむ》っていたもの。『白鳥の血』と呼ばれるとても価値の高いルビーです。あるご婦人が売りに来たもので、サザンクロスはそれを高額で買い取りました。しかし、彼女の様子から盗難《とうなん》が疑われ、転売することなく六十年近くも金庫に眠っていました」

貴彦さんが、ルビーを見下ろしながら言う。

「これが……まさか、ルーデンドルフの国宝だったなんて」

ラインハルトが、

「これは六十年ほど前に王宮から盗《ぬす》まれたもの。そして犯人として名前が挙がったのが、当時、サンクト・ヴァレンスクの王宮のメイドの一人だったらしい」

その言葉に、僕は驚《おどろ》いてしまう。

「王宮のメイドが？　まさかそんな……」

「パーティーのために皇太子妃のお供でルーデンドルフに来たメイドが、『白鳥の血』と共に姿を消した。当時、君のお祖父様と私の祖父はとても仲がよかったが、君のお祖父様がそのメイドをかばったことがきっかけで喧嘩になり、二国間は国交を断《た》った」

「しかし、そのルビーを売りに来たのは一人のご婦人。断じて国王ではありません。しかも、サザンクロス社の古い資料に、ルビーを持って来た女性の特徴が記されていたのですが……それがそのメイドの特徴と一致しました。彼女は手の甲に目立つアザがあったとのことなので間違いないでしょう。」

貴彦さんの言葉に、レオンとラインハルトは顔を見合わせる。ラインハルトは、

「国交をもう一度交《か》わすのは難しいことではなさそうだ。ビザを取るのが面倒《めんどう》なのでさっさと進めよう」

どうやら二つの国が仲良くなるのも時間の問題みたい。

レオンは僕とラインハルトのことで自分が王位を継《つ》ぐことを考え始めたらしい。貴彦さんは「何があっても彼についていく」と言ってくれて一安心だ。

もしもこのままルーデンドルフにいたとしても、ラインハルトの伴侶《はんりょ》になるならば、僕は政治の勉強をしなくちゃならない。まだまだ知識も経験も足りないし。がんばって勉強をしたい

んだけど……ラインハルトは今夜も僕を甘く抱き締め、獰猛にキスをしてくる。
それだけで、僕はもう抵抗《ていこう》なんかできなくなってしまうんだ。
……僕の愛した王子様は、ハンサムで、獰猛で、そして本当にセクシーなんだ。

あとがき

こんにちは、水上ルイです。今回の『ロイヤルキスに熱くとろけて』は、富豪《ふごう》国の獰猛《どうもう》な王位継承者《けいしょうしゃ》・ラインハルトと、彼が恋《こい》をした隣国《りんごく》の純情王子・イリアのお話です。イリアと、その兄のレオン、宝石鑑定士《かんていし》の貴彦は、今年の秋に出た『ロイヤルジュエリーは煌めいて』にも登場しています。いちおうロイヤルシリーズの最新刊ということになりますが、独立したお話なのでどれから読んでも大丈夫《だいじょうぶ》。興味が湧《わ》いた方はほかの巻もよろしくお願いいたします！（CM・笑）

うちのキャラの攻《せめ》は、獰猛とかドSとか言いながらも、あまり手が早くありません（ゆっくり調教して最後にいただくタイプですね・笑）。しかしラインハルトは最初のキスからいろいろと……（汗）。さすがロイヤルキスの持ち主！（？・笑）イリアもうちのキャラの中ではかなりの純情派？　そんな二人の不器用なラヴ、とても楽しく書かせていただきました。あなたにもお楽しみいただけると嬉《うれ》しいです。

それではここで、各種お知らせコーナー。

★オリジナル個人サークル『水上ルイ企画室』やってます。

東京での夏・冬コミに参加予定。夏と冬には（受かったら）新刊同人誌を出したいと思っています（希望）。カタログでサークル名を見つけたらよろしくお願いいたします。
★水上の情報をゲットしたい方は、公式サイト『水上通信デジタル版』へPCでどうぞ。
http://www1.odn.ne.jp/ruinet （二〇一一年十二月現在）最新情報はそちらにて。

それではこのへんで、お世話になった方々に感謝の言葉を。

明神翼先生。お忙《いそが》しい中、とても美しいイラストを本当にありがとうございました。超絶《ちょうぜつ》にセクシーなラインハルトと、可愛《かわい》くて美人なイリアにうっとりしました。長髪《ちょうはつ》攻萌《も》えに目覚めました（笑）。これからもよろしくお願いできれば嬉しいです。

編集担当Tさん、Aさん、ルビー文庫編集部の皆様《みなさま》。どうもありがとうございました。そして今回もお世話になりました。これからもよろしくお願いできれば幸いです。

そしてこの本を読んでくれたあなたへ。どうもありがとうございました。また次の本でお会いできるのを楽しみにしています。

二〇一一年　十二月　水上ルイ

二〇一一年も、もうすぐ終わりです。今年は、日本にとって、本当に大変な年でした。東日本大震災《だいしんさい》で被災《ひさい》された皆様に心よりお見舞《みま》い申し上げます。私達は、これからもずっとあなたを応援《おうえん》していきます。一日も早く、あなたに平和な日常が戻《もど》りますように。

KADOKAWA
RUBY BUNKO

ロイヤルキスに熱《あつ》くとろけて

水上《みなかみ》ルイ

角川ルビー文庫　R92-36　17152

平成23年12月1日　初版発行

発行者――井上伸一郎
発行所――株式会社角川書店
東京都千代田区富士見2-13-3
電話/編集(03)3238-8697
〒102-8078
発売元――株式会社角川グループパブリッシング
東京都千代田区富士見2-13-3
電話/営業(03)3238-8521
〒102-8177
http://www.kadokawa.co.jp
印刷所――旭印刷　製本所――BBC
装幀者――鈴木洋介

ISBN978-4-04-100085-4　C0193　定価はカバーに明記してあります。

ロイヤルジュエリーは煌めいて
水上ルイ
イラスト／明神 翼
クールな顔をして……本当はこんな熱くて
感じやすい身体をしているんだな。
ワイルドな実業家×美形鑑定士の
王家の宝石を巡るロイヤルロマンス！
とある富豪の遺産を預かった宝石鑑定士の貴彦は、所有
権を巡って謎めいたセクシーな実業家・レオンと出会い…？
ルビー文庫

水上ルイ
イラスト／明神 翼
欲しければ奪う——それが公爵家の教えだ。
ロイヤルロマンスは突然に
水上ルイ×明神翼が贈る
セクシーな王子様×カメラマンのロイヤルロマンス！
南欧の小国を訪れた新米カメラマンの駆がマリーナで
出会ったのは、なんと超絶美形な公国の王子様で…!?

かりそめとはいえ、君は私の花嫁。
そして――花嫁を満足させるのは夫の役目だ。
皇太子と身代わりの花嫁
水上ルイ
イラスト／かんべあきら
傲慢な王子×身代わり花嫁の
ロイヤル・ウエディング！
王族の血を引く李音は、妹を政略結婚から救うため
隣国の王子の許へ向かうが、逆に花嫁になれと脅されて…!?

ルビー文庫

あなたのキスで
大人のレッスン
大人のやり方を教えて欲しい――
そう言って、
俺に火を点けたのは君だよ？
水上ルイ
イラスト／街子マドカ

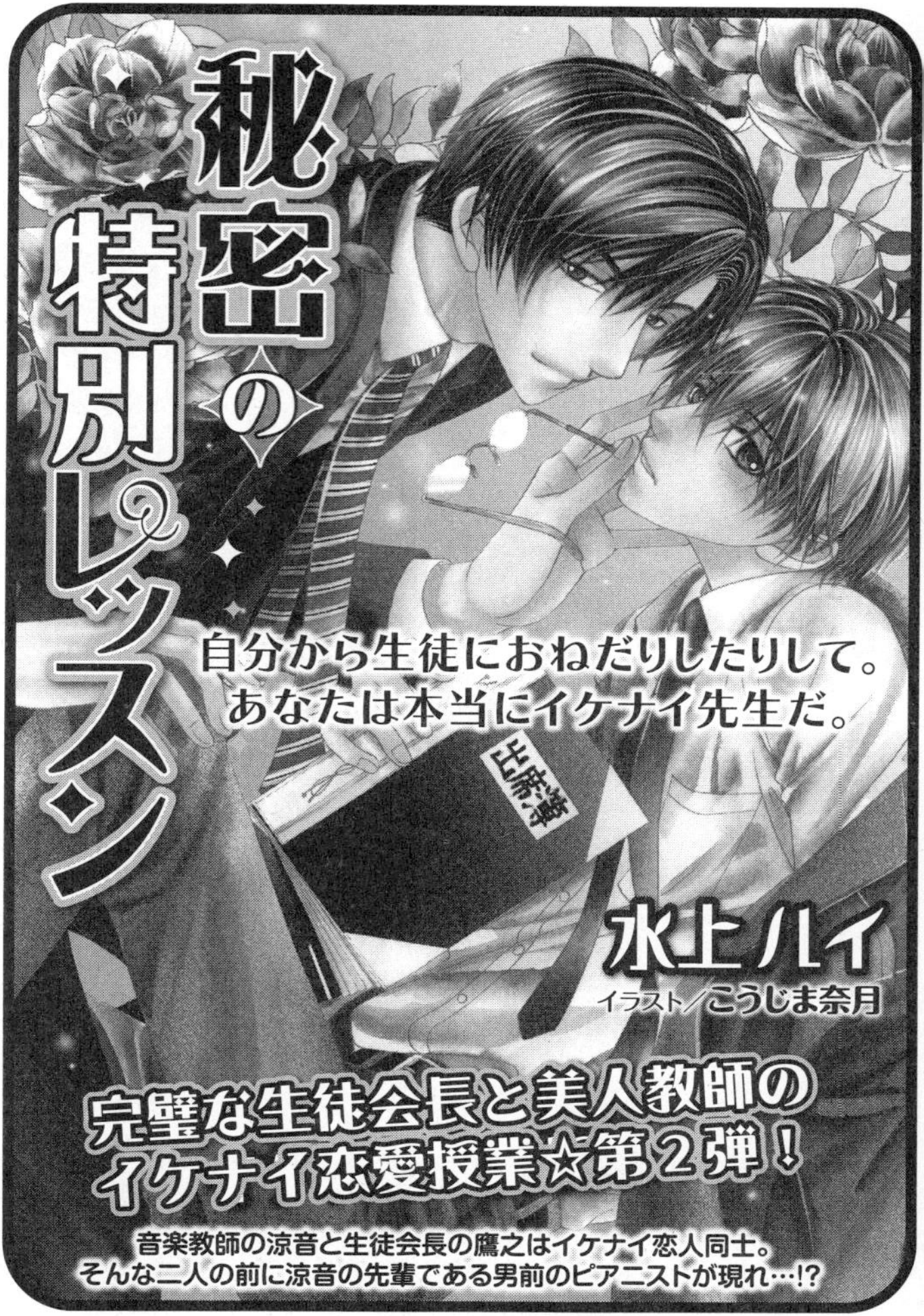
秘密の特別レッスン
自分から生徒におねだりしたりして。
あなたは本当にイケナイ先生だ。
水上ルイ
イラスト／こうじま奈月
完璧な生徒会長と美人教師の
イケナイ恋愛授業☆第２弾！
音楽教師の涼音と生徒会長の鷹之はイケナイ恋人同士。
そんな二人の前に涼音の先輩である男前のピアニストが現れ…!?

ルビー文庫

イクときの佐倉先生って……
かなり色っぽいですね
このまま押し倒したくなる——。
イケメン新人歯科医×ツンデレ毒舌先輩の
お菓子なデンタル・ラブ!!
角川ルビー小説大賞読者賞受賞!!
歯医者はそんなに甘くない
こじまようこ　イラスト／金ひかる
新人歯科医の到真の指導医は、美人だけど毒舌家の鬼先輩の佐倉。
だけど佐倉には意外で可愛い秘密があり…!?